I nasi lunghi
04

Fabio Greco
Il nome dell'isola

Autori Riuniti
via Lombriasco, 7 - 10139 Torino
info@autori-riuniti.it
www.autori-riuniti.it

I edizione ottobre 2016
ISBN 978-88-9415-498-6

In copertina: foto di Mickey O'neil

FABIO GRECO

IL NOME DELL'ISOLA

Romanzo

London, 18/03/2017

A Lelle e Vish

un grande grazie per aver partecipato a un evento per me importante.

Buona lettura

Fabio Greco

AUTORIUNITI

Invito alla lettura

Rinfrescante, gioiosa, affascinante: la "storia meridionale" di Fabio Greco colpisce e convince perché non è mai di maniera: è compatta, ben costruita e raccontata in un linguaggio vivacemente creativo, pieno di sorprese e di invenzioni ma sempre ben calibrato. L'isola delle Pazze – con le sontuose leggende sull'origine del suo nome – diventa una presenza grandiosa e trascinante attraverso le parole dei tre vecchiarazza inchiodati alle loro seggioline in mezzo alla piazza del paese.

L'invenzione è tuttavia tenuta saldamente – e concretamente - in pugno dall'autore, che crea una saporosa allegoria della vita e del suo eterno oscillare tra fantasia, allucinazione e realtà, che culmina in personaggi ed episodi straordinari, come il rituale amoroso fra spada e spadessa, l'arrivo di Mariabbondanza o l'incredibile viaggio della bara sui tetti, un pezzo di bravura scritto in modo impeccabile.

Antonia Arslan, luglio 2016

A Dada e Fosco: il senso di tutto.

S'abbabbò, infine, dinanzi al mare color vinaccia che pareva pittato col sangue di mille ommini e di mille martiri e si faceva gonfio delle vicende umane che lassotta al Tacco da sempre succedevano — storie troppo antiche e troppo grandi perché Masello le comprendesse, ma che pure gli stavano appresso dacché era nato e, dacché era nato, erano diventate, esse pure, casa sua. Per esempio l'Isola di Pazze: era uno scoglio di duecento metri ch'emergeva d'intra al mare come dorso di balena a guarda costa, da un momento all'altro avrebbe potuto sbuffare acqua, alzare la coda intra a uno spasimo di grandezza e inabissarsi per sempre intra al maresfondato, intra alla linea di mezzavia tra i due mari, lo Ionio e l'Adriatico. Ahi quante storie aveva sentito, per dire di quel nome, Isola di Pazze, che nessuno si ricordava che nome era e da dove veniva e perché e percome. Soprattutto erano tre vecchiarazza a pigliarsi a cuore la questione, Melo Memmi, Luigi Za e Fedo Sanapo, restavano ore e ore intra alla piazza a discutere su chi teneva la verità certissima e vera su quel nome, s'impuntavano ciascuno sulla propria idea, ci facevano punto e ricamo sopra a quella stuoia di parole che l'addobbavano a gradimento, di volta in volta. Quando gli capitava di girare a sinistra dal lungomare, pigliando cioè la piazza in fronte, Masello teneva l'impressione d'andare sopra a un palcoscenico: centro centro alla piazza, sotto a un ulivo centenaro, erano assittati i tre in primo piano, uno a coté dell'altro e lì accanto la fontana d'arenaria e conchiglie, arsa crepata, orlata d'una siepe d'elagno dal colore giallognolo. D'in sullo sfondo, s'affrescavano a paesaggio, intra a una foschia d'acquerello, il faro e il porto, coi pescherecci incrostati di mucillagini e gli stessi ommini abbrunati dal sole presenti intra a tutti i porti malfamati, svelti di coltello, sguardo torvo, tatuaggi sopra a corpi nervosi, gentaglia per dirla. Masello, intra a una viuzza lì accosta, una viuzza con case di tufo e pietra bianca sfarinata che rifletteva la luce furiosa e accecan-

te del mezzogiorno, intra a questa viuzza Masello teneva una bottega di pupi a cartapesta, ceramiche e terrecotte: dei tre vecchiarazza, quei tre contastorie di paese che s'erano oramai fatti oracoli e santini tra quelle quattro case, n'aveva modellata pure una statuetta che li ritraeva mentr'erano impegnati intra alle loro discussioni. Partivano sempre alla lontana nei loro discorsi giornalieri.

«La signorina Chirivì s'è sposata col ragioniere Barra, così dicono.»

«Dicono male: se n'è scappata col proprietario della Velaccia.»

«Con Biagio, a dire.»

«Grasso.»

«Pelato.»

«E lercio!»

S'iniziavano così, pigliando a pretesto le cronache, i pettegolezzi, le storie di paese, ma inevitabilmente s'andavano a finire lì, a parlare di quell'isolotto, quasi ci fosse una grossa voragine intra alle loro storie che tirasse dentro ogni altro argomento. Quella della signorina Chirivì, per dirla, era storia risaputa. Biagio era il proprietario della Velaccia, un'osteriuola rustica che stava affacciata al mare. Al Velaccia, l'anno prima, il ragioniere Barra e la signorina Chirivì erano andati a pranzo, s'erano seduti al bancone e avevano ordinato un bicchiere di primitivo e un piatto di pastelle al vincotto. Biagio li aveva serviti con un gran sorriso e intanto il ragioniere parlava e parlava e man mano che parlava avvicinava la testa ancora un poco alla testa di lei. Doveva dire delle cose interessanti perché la donna lo ascoltava e cennava di sì con la capo. Ad un certo punto, la donna iniziò a ridere, sputacchiando un po' dappertutto quel buoncolore di primitivo, macchiando il suo foularino al collo, macchiando la camicia del ragioniere — il quale la pulì subito con un tovagliolo, macchiandola ancor di più — e macchiando la maglietta di Biagio. Il ragioniere s'alzò dicendo che quel comportamento era sconveniente e, rivolgendosi alla signorina Chirivì, che l'avrebbe aspettata in macchina. La donna era tutto uno scusarsi con Biagio e, mentre si scusava, ridacchiava, una risata bellissima, e così Biagio le disse di non preoccuparsi che la macchia s'abbinava con quell'altra ch'era sul bavero, e infatti lì c'era una piccola macchia di

sangue che aveva fatto il cuoco l'anno prima quando, nel tagliare la melanzana, s'era tagliato il dito.

Biagio disse:

«Il dito poi l'hanno trovato intra a un piatto di salsicce e il cliente s'è lamentato ché non era ben cotto.»

Vicino a quella macchia c'era poi una piccola bruciatura e iniziò a raccontarle anche quella storia e quella rideva e ascoltava e a furia di raccontare tutte le macchie di quella sua maglietta che s'appariva in tutto alla storia d'una vita, Biagio si ritrovò tra le braccia della donna bellissima del ragioniere.

«L'hanno vista l'altro ieri ch'era la vigilia delle nozze.»

«Col promesso sposo, il ragioniere.»

«Era tutto perfetto.»

«Quasi perfetto: il ragioniere non era perfetto, se poi…»

«Non era perfetto il ragioniere o la signorina Chirivì?»

«Il giorno delle nozze s'è presentato tutto in tiro, con un anello d'oro al dito mignolo.»

«Pure la sposa s'è presentata, però. Che non si dica: abbandonato da solo sopra all'altare.»

«Oh no non si può dire di certo. Ci stava mezzo paese a consolarlo.»

«Doveva andare da sola, dico io. Più bella figura!»

«Invece s'è portato l'altro.»

«Biagio.»

«Del Velaccia.»

«Che il ragioniere s'è impallidito: avrà cambiato testimonio senza dirmelo.»

«E invece no.»

«Aveva cambiato marito.»

«Non t'amo più, gli ha detto.»

«L'altro faticava a crederci…»

«Dicono che mo' sono scappati in un altro paese, per far calmare le acque.»

«Ma se ieri li ho visti io con questi occhi miei.»

«Andiamo bene allora.»

«Sicuro! Sicuro! Li ho visti io, con quest'occhi miei, l'ho visti ieri l'altro di fronte all'Isola di Pazze.»

Ahiahiahiahiahi si diceva Masello: da quel momento, ogni loro pensiero s'impregnava di quel nome, diveniva l'unico tra tutti i pensieri che potessero avere, si disponevano uno di fronte all'altro per meglio guardarsi in faccia e cominciare a raccontarsela la storia di quel nome, ciascuno con la propria verità certissima e vera, che Masello si domandava se non le avessero già imparate tutte le versioni, dell'uno, dell'altro e dell'altro ancora, tutte le possibili ch'erano circolate in quelle terre su quell'isola che è l'Isola di Pazze e nessuno si ricordava che nome era e da dove veniva e perché e percome. Il primo a parlare era Luigi Za, il vecchiarazza più vecchio dei tre, con l'intento di chiudere in fretta la discussione prima ancora di cominciarla, dando a intendere che il nome d'Isola di Pazze, quel nome lì, allo scoglio, gliel'aveva dato lui.

«Di che stiamo a parlare? Quella fu invenzione mia, quel nome, all'isola, ce lo detti io da giovinetto quand'ero sopra alla Baccalora.»

Quel suo riferimento alla Baccalora, alla barcuzza che gli aveva fatto perdere l'innocenza per mare, per così dire sverginato intra allo Ionio e fatto scaltro tra l'onde e le tempeste, quel suo riferimento lo pigliava a pretesto per ritornare con la mente alla gioventù, s'animava tutto, pigliava colorito intra alla faccia, con le venuzze torno al naso che si facevano evidenti e tanti baluginii che gli brillantinavano intra agli occhi, poi cominciava a dire là là là, con gli occhi socchiusi come a guardarci d'intra a una fessurella, a spiarci in quei ricordi che pareva rivivere di volta in volta.

«...mena mena piglialo, mena mena mo'... l'aggio visto, l'aggio visto... è una femmina di spada, là là là, mena mena piglialo, mena mena mo'...»

Si sollevava dalla sedia e indicava con la mano verso l'ulivo centenaro e verso la fontana, ma intra agli occhi stava indicando invece lo spada, che salti! che capovolte che ci faceva quel pesciazzo raso raso all'acqua, era lì davanti a lui e davanti a loro, pigliava vita dalle sue parole ed era come se tutto s'avvenisse in quel preciso momento, sentivano lo iodio di mare e la salsedine che faceva croste sulla pelle,

sentivano l'elica che rotava al massimo e lo sciabordio d'acqua che ci lasciava una scia schiumosa al passaggio. Luigi Za faceva pochi passi, alla maniera di tutti i vecchiarazza, dondolando a fatica, facendo perno su di un piede e portando l'altro di riporto, quel dondolamento di vecchio diventava in tutto e per tutto un dondolamento di barca, pigliava il ritmo di quella, con l'ondate che arrivavano di lato mentre s'era all'inseguimento della femmina di spada.

«Correte, fuciiiti, fuciti, correeete, due sono, masculo e fimmina, spada e spadessa, meeeena, correte…»

Si metteva in posizione con la gamba sinistra in avanti, il braccio destro alto sopra la spalla, la mano che stringeva l'arpione. La caccia allo spada aveva così inizio. A volte gli altri due vecchiarazza alzavano gli occhi in cielo, a calargli una benedizione sopra a quel loro amico mezz'ammattito, ma il più delle volte seguitavano la storia per il solo piacere di sentirla nuovamente, giacché sopra a quella piazza ormai c'avevano fatto le ragnatele e quello era il solo modo per andare in mezz'al mare, un'altra volta.

«Tenevo una forza intra al braccio, che mai più, mai più l'ebbi così tanta, si dipartiva dal petto, una forza santiddio, mai più, mai più, gli spada correvano a prua senza paura, giocherellavano tra loro tra gli sbuffi d'acqua e di schiuma, s'allontanavano e poi si venivano incontro come duellanti a tutta velocità, facevano un salto a mezz'aria in quei corpi ch'erano uno scatto, uno contr'all'altra, il masculo ch'era grande quasi il doppio della femminella, teneva una spada da re contr'al pugnaletto dell'altra e proprio sopra alla barca tintinnavano il loro spadino come spadaccini che non volevano ferirsi, un tocco, leggero e gentile, ch'era un bacio pescespadaro e si rituffavano a parti invertite oppure si rincorrevano e capriolavano intra all'aria e si rituffavano, sopra e sotto al mare, com'aghi intra alla stoffa. Il cielo era tutto una nuvolaglia, un tetto color violetto e grigio che faceva filtrare di rado una staffilata di sole tra le nuvole spesse, raggi singoli che rimbalzavano sopra all'acqua in una miriade di rimandi e di rimbombi di luce che rendevano l'aria luminosa e vibrante, anticipazione d'una grande battaglia, d'una grandiosità ch'era di là da venire e si trasferiva dall'acqua

agli spada che s'agitavano inquieti, e si trasferiva dal mare alla barca, a noi ch'eravamo lì sopra, eccitati dalla caccia, al braccio mio, alla mano che tratteneva l'arpione, che non scappasse fino al momento buono, potenza e precisione.»

Il vecchiarazza stringeva il pugno e, di fronte agli altri due, restava in un'apparente posizione di lancio, ma a guardarlo da lontano, senza l'accompagnamento delle parole, s'appariva esattamente questo: un vecchiarazza contorto e curvato, con un braccio appena appena sollevato sopra alla spalla e il tremolio della mano e del polso: non s'avvertiva la forza del gesto, la fluidità del movimento, la violenza, la mira dell'occhio al bersaglio. Al contrario, quella posizione dinamica e giovanile, Masello l'aveva fissata in un pupo cartapestato che raffigurava Luigi Za intra all'atto di lanciare l'arpione contro alla spadessa, la differenza tra il pupo e il vecchiarazza era per l'appunto nella potenza dell'atto che intra al pupo cartapestato pareva evidente, le venature del braccio di terracotta in rilievo e i muscoli tesi che esplodevano con armonia ed eleganza, la posa plastica d'atleta, mentre nel vecchiarazza si nascondeva del tutto dietro alle carni pendenti del braccio, che apparivano, quelle sì, cenci cartapestati. L'arpione partì, inevitabile, preciso preciso sopra alla pinna della spadessa, il suono tremendo contro alla pellaccia spessa dell'animalone non venne attutito dall'acqua come ci si sarebbe potuto aspettare, venne semmai amplificato, si propagò per tutti i mari come uno sgorgo di vita, vibrando in particolare all'orecchio del maschio che s'era allontanato intra a quella danza amoreggiante, gli arrivò come venticello improvviso e brillante che aveva anticipato d'un niente l'impatto, una brezzolina d'onde sotto alla pinna caudale, quasi un buffetto che magari gliel'aveva mandato la sua spadessa con una mossa di fianchi e che invece si tramutò intra a uno spurgo, un rauco fiato d'oltretomba, un riversamento che persino Luigi Za sentì intra a sé medesimo esplodere cupo, e per l'uno e per l'altro, spada e cacciatore, calò una cappa di colpa fosca, l'uno per non aver difeso l'amata, l'altro per aver ceduto alla volontà dell'arpione, che si staccò dalla mano e s'artigliò intra al corpo della spadessa, intra a uno squarcio che imporporò l'acqua. E mentre l'esultanza si prese gli altri, Luigi Za

restò legato alla corda, corda a cui era legato l'arpione, a cui fatalmente era legata la spadessa, legata ancora a sua volta, ancorata la spadessa, a quella vita bestina che l'animava senza resa, uno sconquasso d'onde e colpi di coda e di spadino ch'erano rabbia e paura: più s'agitava, più l'arpione penetrava e lacerava e dilaniava e scendeva a fondo, facendo il suo mestiere, una punta centrale rinforzata da quattro alette d'acciaio, artigianato perfetto della marina ozantina al servizio dei cacciatori di mare intra a una lotta tremendissima con la preda, di forza e rispetto — a differenza dei pescatori che s'affidavano invece alle reti d'abbondanza senza badare al tipo di pesce pescato.

«Intra alla lotta, vidi lo spadone venire di lontano, impetrato dall'orrore per la sua spadessa trafitta, amata spadessa/ del mareoceano consorte/ sul fondo profondo/ abisso di morte, la spadessa stanca s'era adagiata sopra all'onde e ancora pisciava sangue, col fianco scarnificato in bella vista che pareva la piaga d'Egitto e intra alla slabbratura di carne s'abbondava di pus e marciume e la cancrena via via se l'andava prendendo. Le lamentazioni che faceva! Dovevate sentirla, ahiahi e ahiahi, ammore mio, ammore mio, statti là che questi t'accidono pure a te, pure a te t'accidono che sei il cuore mio ahiahi e ahiahi, per anni m'aggio sognato quella cantilena spadara, ogni notte m'aspettava l'occhio invitreolito della spadessa che chiangeva lacrime di morte e d'ammore, ahiahi e ahiahi, che strazio, avevo puntato i piedi contro la sponda della barca e di peso la tiravo aspettando l'ultimo sussurro, che strazio che era, intra a quella posizione vidi di lontano il barluccichio rosso fuoco dello spada, si tuffava e si rituffava intra all'acqua come una furia dirigendosi dritto dritto verso noi, verso me, verso la spadessa sua, che continuava a richiamarlo a sé e ad allontanarlo, ahiahi e ahiahi.»

L'isolotto era una macchia in controluce, con la bruma che galleggiava in superficie nascondendolo a tratti, e intra a quella nebbiolina sottile che si levava, l'ombra iscurita dello spada si faceva sempre più grande, sempre più rapida s'avvicinava. La spadessa sembrava non averne più di vita, sembrava oramai essersi arresa, il rumore dell'elica s'era azzittito, il mare s'era fatto sottofondo muto e tutto era scandito dal tuffo e rituffo dello spada intra a contrappunti che parevano rin-

tocchi finali, s'aspettava d'issare la carcassa della spadessa e farla quarti quarti da vendere al mercato, se non s'avvenne che quella fetentacchia c'ebbe un'improvvisa animosità per favorire l'amato suo e cominciò a schiaffeggiare il mare a colpi di coda e di spadino che a trattenerla quasi s'inclinò la barca, la corda d'arpione correva lungo i palmi e tagliava a ogni passaggio, sangue a sangue, di cacciatore e di preda assieme. Con la coda dell'occhio Luigi Za c'ebbe l'impressione di una variazione di panorama, d'un guizzo che non poteva essere della spadessa, troppo a sinistra e troppo rapido per essere della spadessa, troppa forza nel movimento, troppa vita per quel corpo lacerato, non ebbe il tempo di ragionarci, di far diventare pensiero la sensazione d'essersi fatto gabbare dall'attricetta moribonda, che dall'acqua si levò l'enorme sagoma dello spada, uno scoppio furioso dinanzi ai loro occhi, enorme e terrificante, un tuono che sconquassò la marea e rotolò intra agli abissi, s'adombrò il cielo ancor di più, quasi non bastassero i nembi a cumulo che s'erano ispessiti sopra di loro per girare aria di tempesta ma fosse necessaria la silouetta nera e mortifera dell'animalone, che bellezza! lo si leggeva sopra alla faccia di quest'ommo, quasi che il suo sogno di piccinnello fosse sempre stato quello di fare un salto in quella maniera con la coda a mezzaluna tesa e la spada sguainata scintillante di sole, lo spadone curvò il corpo, potenza pescina, intra a una rapidità d'assassino menò un fendente che puntava dritto al cuore di Luigi Za, con la mira d'un moschettiere e fu solo per caso, caso o destino, che l'arma colpì l'ommo di striscio e incocciò contro alla corda tesa dell'arpione. L'arpione strappò carne alla spadessa, carne a carne, ossa a sangue, s'inondò il mare d'un rosso acceso e tutt'intorno alla barca era un ribollire di spuma, un macello, la corda si ruppe intra a uno schiocco e s'adagiò sopra alla spadessa, menando Luigi Za a gambe all'aria sopra alla barca: non più colpi di coda o di spadino, ahiahi ahiahi, non più vita, infine. Il mare s'ingrossò come pigliato da improvviso tremore, cominciò a rollare sopra alla carcassa della spadessa e sotto e di lato, quasi a volerla nascondere alla vista dei pescatori, a volerla proteggere intra al naturale elemento, l'affogava e la risputava intra a fiotti rossignoli, la rapiva intra a mulinelli e muri d'acqua e la risospingeva

a favore di corrente, mentre dalla barca s'affaccendavano a ripescarla con pertiche e reti, la imbrigliarono e la issarono a braccia, fissandola a un gancio e la lasciarono dondolare lungo la fiancata, a schernirla per quell'inutile opposizione di vita che aveva avuto, il sangue pittava il legno di poppa e lasciava la scia in verso opposto all'avanzata. Fu volgendosi verso all'isolotto che Luigi Za fissò lo spadone occhi intra agli occhi e ci lesse un grandissimo spaesamento, una sottile lucidità ch'era follia. Il pesciazzo chiangeva e chiangeva, ahiahi e ahiahi, faticando a riconoscere intra a quella carne smartoriata, intra a quel dilanio di animale impagliato, la sua spadessa da viva. Velocissimo tagliava l'onde com'ombra, tenebra intra alle tenebre, e si gettava contro alla fiancata della barca battendo la capo a ripetizione contro al legno, ammattiva per la pena, quasi che i pensieri viaggiassero più veloci di quanto lui viaggiasse tra i marosi, rimbalzanti tra l'orrore per quel corpo smaciullato e i ricordi di quand'era giovinetto, di quando s'erano incontrati, lui e lei, intra al mare di Leuca, mare sfondato, profondissimo da non averne mai visto la fine, di quando avevano fatto volute tra le bolle, allisciamenti di spada e di pinna, di quand'erano arrivati fino al mareoceano per vedere se gli spada di là erano uguali sputati a quelli di qua, e in effetti erano sì uguali ma più arcigni, più grossi di stazza, più scuri, mangiatori voraci di lingua di balena, meno educati, meno a modo, ecco, tant'è che avevano provato a impinnarci alla spadessa sua senza tanti complimenti, come se quell'enorme massa di pensieri che gli venivano da tutta una vita s'accalcassero uno dietro l'altro ed erano sì tanti da non avere né lo spazio né il tempo per essere pensati, pareva s'inzuffassero e rimbalzassero e s'arrivoltassero, s'aggrovigliassero in un grand'inguacchio, che gli facessero da inceppo intra alla capo, come tarli gli trapanassero il cervello, intra a una gran confusione senz'uscita. Lo spadone pareva impazzito, girava in circolo come uno squalo, all'apparenza senz'interesse per la barca e per la spadessa. Poi, arrisvegliandosi da quell'imbambolamento, s'inferociva ancor di più e ripigliava l'inseguimento, si sfiancava con continue accelerazioni e brusche frenate che alla fine s'affogò.

«Lo vedemmo seguirci e poi girare d'incanto verso all'isolotto e spa-

rire infine sotto il pelo dell'acqua. Gli altri della barca avevano fatto adagiare la spadessa a prua e la lavavano e l'accarizzavano come un cucciolotto trovato per strada, con cura toglievano il pus puteolente, scacciavano le mosche, la proteggevano dopo averla fatta cadavere. Giunti in porto, in cinque dovettero impegnarsi a portare giù la carcassa, uno al fianco dell'altro, intra a una grande fatica che gli si pittò sopra faccia. S'aveva l'impressione che a ogni passo che facevano in avanti, due n'avrebbero fatti all'indietro quasi si dispiacessero per la spadessa e per quella pesca miracolosa, che pure loro ci sentissero lo stesso struggimento di core che ci sentivo io. Quando s'arrivarono alla fine del pontile, dove già s'era radunata una piccola cerchia d'altri pescatori ad aiutarli e a complimentarsi, e noialtri sopra alla barca già ci si preparava a scendere in porto, quelli si scambiarono un cenno d'intesa, rotarono d'un giro completo con la spadessa in braccio e risalirono sopra alla barca. Ma che fanno? Perché tornano a bordo? Andiamo a cercare l'altro? Salpammo nuovamente. Scandagliammo palmo a palmo la superficie a cercare qualche schiumarola che indicasse lo spadone: mai il mare era stato così calmo e senz'onde come in quel momento e da nessuna parte s'intuiva il passaggio del pesciazzo, da nessuna parte v'erano salti e capriole, o pinne in superficie, o gorgoglii o altro che facesse immaginare la granbattaglia che v'era stata poco prima e quella pazzia che s'era portata lo spadone, pazzia d'ammore d'un cuore senza pace, da nessuna parte lo si vedeva, al largo o a costa, e probabile che si fosse rinchiuso intra all'immenso fondale del mareoceano. Cosa m'aspettavo poi? Che ci facesse il rosario e le preghiere e che si disperasse e piangesse come ommo? Pesce era e pesce rimaneva, sebbene avesse dato a intendere diversamente, avesse dato a intendere d'avere intelligenza di ommo, atteggiamento di ommo, sentimento di ommo, maniere di ommo, dolore di ommo, ardore di ommo, risentimento di ommo o io l'abbia intenso così per i suoi lazzi e intrallazzi con la spadessa, per i giochi ch'erano pari pari ai giochi che io facevo, m'ero illuso che lui fosse noi. E nonostante noi si parlasse, noi si ridesse e ci si desse pacche e congratulazioni, tenevo un groppo intra alla gola che m'attristava e questo risultò tanto più

vero quanto più forte fu la mia esultanza al grido d'un ragazzetto che stava con noi e indicava a braccio teso una porzione di mare, correte, fuciiiti, fuciiiti, correte. L'isolotto teneva un'accalcatura bianca di gabbiani che a cento a cento se ne stavano in frotta disordinata sopra allo scoglio per nulla disturbati dal motore della barca, da costa arrivava profumo di pino d'Aleppo inframmezzato al puzzo di legno umido dello scafo, che amplificava lo stordimento e l'attesa, tutti a guardare verso la direzione che ci veniva indicata, senza peraltro notare nulla, là là sopra all'isola, continuò quello, e noi là guardammo e vedemmo ancora quei dannati pennuti che se ne stavano impalati affianco a uno scoglio scuro e liscio ch'era per l'appunto lo spadone spiaggiato, probabilmente morto. Che mai ti facemmo noi spadone?/ Perdonpietà, perdonpietà/ t'accidemmo il grand'ammore, perdonpietà, perdonpietà/ Che mai ti facemmo noi spadone? Perdonpietà, perdonpietà/ t'impazzimmo di dolore/ perdonpietà perdonpietà/ Sopra all'isola t'arenasti/ perdonpietà perdonpietà/ questa è l'Isola de' Pazz'/ perdonpietà perdonpietà. C'approdammo sopra all'Isola de' Pazz', che la chiamai io così, a darci battesimo di pescatore, in onore di quello spadone impazzito, e solo il tempo ammutò quel nome nel nome che conosciamo, d'Isola di Pazze. Insomma: lì c'approdammo. I più scaltri di noi legarono la coda dello spadone a una cima e la cima a un gancio e l'issarono a poppa. Ci vollero diversi tentativi giacché lo spadone era due volte la spadessa per lunghezza e tre volte per peso: le due carcasse se ne restarono core a core pendenti sopra all'onde. Intra al viaggio di ritorno a mare, gli altri continuarono a rammendare certe reti che s'erano impigliate al fondale, a rimaneggiare alcuni galleggianti logorati dall'acque. Un vecchio pescatore mi diede una pacca sulle spalle.

"Due spadoni con un colpo. Bravo ragazzo."

"Grazie", dissi.

Epperò io non ero per niente contento, tenevo la morte intra al cuore, una vergogna, ecco. Presi coraggio d'in sopra alla barca e parlai a quella gente esperta, quasi ad averci acquisito con quell'arpione diritto di parola.

"Per quello che ci hanno fatto vedere", dissi, "per quello che ci hanno fatto sentire, per la stretta che ci dettero d'emozioni manco fossero

famiglia nostra, li dovremmo ributtare intra al mare, spadone e spadessa, che se ne tornino al mondo loro anche se da morti, li caleremo con la corda, lenti lenti intra all'acqua e li lasceremo alla corrente: che ommini saremmo altrimenti, se non dessimo degna sepoltura?"

M'agguardarono come a un bestemmiatore. Disse uno:

"Due spada che al mercato li pagano al peso, davvero li dobbiamo rigettare a mare? A mandarci a fanculo i soldi e la fatica che abbiamo fatto per tirarli fuori? Per mangiare, è chiaro, siamo pescatori, ragazzo, e se questo è il motivo per cui sono morti ed è motivo di natura, allora bisogna dargli onore d'essere morti per una giusta causa anziché per nulla: per giustizia a noi e per giustizia a loro li porteremo al mercato. Ora scendiamo, ti fai una bella foto coi due pesciazzi, da far vedere in giro a dimostrazione che non racconti fesserie, ti dai delle arie. Poi ti prendi i tuoi soldi, com'è giusto, e scegli il pezzo migliore da portare a casa, la testa o la coda se ti piace. L'indori a olio e limone a fuoco basso e li preghi come si deve prima d'una buona mangiata."

Gli altri pescatori erano tutti ommini che le parole gliele si doveva tirare fuori col forcipe e, infatti, continuarono il lavoro senza parlare, intra a un'indifferenza ch'era già una risposta. Quando scendemmo dalla barca, non bastavamo noi per prenderli tutt'e due i pescioni. Una gran folla di curiosi che avevano assistito alla caccia s'accalcò lungo il molo e richiamò cristiani ad altri cristiani, facevano a gara per prenderseli in braccio e spartirsi pure loro un po' della gloria e anzi erano proprio questi, che non avevano fatto fatica, ad atteggiarsi a eroi e si riempivano la bocca di Noi noi noi o addirittura di Io io io e m'indoravano, si complimentavano. Arrivarono pure i giornalisti e i fotografi che intra al paese mai s'erano visti, venivano da me e mi domandavano, Come ci si sente dopo questa pesca eh Luigi Za, come ci si sente? Io rispondevo: come ci si sente? Non so. Io sono stanco. Solo stanco.»

Quelle parole, ora che Luigi Za era morto, s'appalesarono intra alla mente di Masello come un dolore antico, quasi che per tutto quel tempo il vecchiarazza si fosse portato appresso i segni di quella giornata sopra alla Baccalora. La notizia della sua morte era fresca di due giorni. Chi fu presente, raccontò d'un vecchiarazza delirante, che per tre

giorni aveva invocato una certa spadessa, ammore mio, ammore mio, t'arritrovai finalmente, movimentando la testa a scatti come c'avesse avuto una spada in equilibrio sopra alla punta del naso: s'era insomma cucito a misura quel dolore pescespadaro e se l'era arrangiato alla bell'e meglio per la sua dipartita. Per dirla, quello scambiamento di ommo e di pesce, a Masello gli parve concretizzarsi intra a quel preciso momento davanti ai suoi occhi, mentr'era assittato riva riva al bordo di mare. La silouetta dell'isola, intra a quel primissimo mattino del quattordici di settembre, che saranno state le cinque di mattina, con l'alba ch'era lìlì per arrivare ed era tutt'un apparire e disparire dietro alle dune, quasi che con la notte ci stesse giocando a nascondarello, si stagliava a nerofumo contro ai colori, un po' di giallo e un po' di rosso e un po' di blu scuro e un po' di verde che facevano apparire quel paesaggio così ispiratore di beltà: sulla costa in faccia all'isola la scogliera era più alta che altrove e degradava fino al mare, fino a una spiaggetta costretta tra due costoni di roccia che si prolungavano d'un lato verso Alliste, Torre Suda e Mancaversa e dall'altro fino al faro ozantino e più oltre fino al paese dei Marini. Sollevando la capo, gli parve d'intravedere un'ombra sott'acqua tra isola e costa, un'estraneità rispetto al resto: s'appariva, e questo lo lasciò senza fiato, a sagoma di spadone, come se la scorzaforte di vecchiarazza avesse deciso di scangiarsi d'abito col pesciazzo e di fare la parata sotto costa a spiare il suo funerale. Masello s'abbabbò, dunque, pigliato in mezzo a tutte quelle suggestioni, affascinato da quel che vedeva: s'aspettava da un momento all'altro un guizzo, un salto di pesce, con la spada scintillante ai primi bagliori di giornata. Guardò meglio. La macchia era evidente, realissima, eppure non gli pareva un'ombra: era piuttosto un biancheggio di mare, una chiazza bianca pelo all'acqua, ovvero sott'acqua, uno spettro che volava al contrario, si librava in basso verso il fondale e risaliva in superficie, ci faceva un tuffo e risaliva e il movimento e l'altezza erano evidenti dal più bianco o meno bianco che si riusciva a vedere. Poteva certamente essere scambiato per un grosso pesce, uno spada, un tonnone, uno squalo o una balenottera, se non fosse che spada, tonnone, squalo o balenottera non rimanevano mai così immobili nello stesso

punto, né s'abbassavano e s'elevavano da fondo a onda e viceversa, intra a quel saliscendi lento lento che s'intuiva. Masello sentì alle sue spalle un guazzabuglio di voci.

«Ehi venite a vedere!»

«Che succede?»

«Pare vomito.»

«Madonnuzza! Si muove...»

«Ancora respira... mena, pigliamo un bastone...»

«...è viscida, gelatina.»

«Dai andiamocene, lasciala stare. Ci sta puzza di pesce marcio qui.»

«Aiutatemi con sta canna, non riesco a strapparla.»

«Al tre tiriamo: uno, due...»

«Spostatevi.»

«Conosco uno che l'hanno pigliato in pieno. È stato tre giorni in coma...»

«...tre.»

«Non farle male.»

«Sta già male, sta tutta secca.»

«La ributtiamo in acqua?»

«Quando partorii la figlia grande, belluzza, la dovevate vedere, Addolorata la chiamai, quand'è che partorii...»

«Guarda come si muove.»

«Tiriamola su col bastone!»

«...ci cacai pure la sacca...»

«Non si muove più.»

«Forse è morta.»

«...ecco: a me sta medusa la sacca mi pare, sta medusa mi pare placenta.»

Mare matrigno che abortisce figli sopra alla rena. Era da più o meno una settimana che lassotta al Tacco si parlava dell'aumento delle temperature intra allo Ionio, dei banchi di meduse tra la Marina di Capilungo e Torre Mozza e della concomitante moria di pesci lungo la costa. Strizzando gli occhi al mare, gli parve di vederle a una a una le meduse, di poterle distinguere intra al biancheggio, una pletora di me-

duse allocate una affianco all'altra, a fare banco e gruppo, all'abbandonarsi alla corrente, vedeva le barche tagliare quel mare lattiginoso intra a una scia di mille individui che si sparigliavano sotto alla superficie, lasciando alla vista un'unica linea di bluoltremare — le pagaiate arrivavano ripulite d'ogni dissonanza, il battere e il levare del remo intra all'acqua, e dove uno gridava oooh l'altro rispondeva a tempo, issaaaa, i pescatori li sentiva da lontano sputare e bestemmiare, Puah! Puah! Maledette meduse, Puah! Matre, s'hanno ingrippato pure all'elica! Puah! Solo merda, e nel tirare le reti a bordo si vedevano le meduse attaccate alle maglie come fanghiglia biancognola che gocciolava intra all'acqua — se le figurava Masello invadere i mari, inesorabili, a pigliarsi le acque e i fondali, ad attaccarsi ai naufraghi, ai monili, all'anfore, ai relitti tra le secche di Pirro, a pigliarsi quel loro mondo marino in una sopraffazione silenziosa che cancellava e obliava, una morte lenta che toglieva aria e ossigeno alla vita, ai pesci, ai molluschi, ai mammiferi, fino al paradosso di togliere l'aria pure a se stesse, mettendo a rischio la propria sopravvivenza, a dare la morte alla Morte, a dire la vita eterna, vita indefinita e immorale degli dei. Una profonda pena se lo pigliò a Masello, un accoramento profondo. Ma poi s'avvenne questo: che in questo principio di apocalisse in terra, intra al preannunzio di malopresagio che s'appariva, girando lo sguardo verso l'orizzonte, verso quel confondersi di mare a cielo e cielo a mare, verso i gabbiani che volteggiavano eleganti, gli parve che dall'isola, anziché la malasorte, gli arrivasse in quel momento una buonasorte anzi una buonissima sorte camuffata da donna, un donnone salentino, donnone inteso per altezza e larghezza, un'erculona tanta, boterosa, con spalle larghe, larghi i fianchi, larghissime cosce e petto assai, che s'appressò alla costa da dietro all'Isola di Pazze. Masello la vide sbucare al remo d'una barchettina mezz'affondata con la linea di galleggiamento a livello sponda, un'eccezione a qualsiasi legge fisica, che c'era da chiedersi come potesse quella barchetta di legno, esile e fradicia, sostenere tutta quella massa senza sprofondare, come potesse non incamerare acqua a ogni beccheggio, a ogni ondata, a ogni movimento di braccio e di spinta di remo, pericolosamente s'inclinava pelo pelo all'acqua, s'inchinava al

mare e all'onda e subitamente si rialzava, ripigliava contegno per poi prostrarsi dall'altro lato e ripigliare posizione una volta ancora, a farci venire in mente a Masello quei pupi da prendere a pugni che ritrovano sempre l'equilibrio. Da lontano pareva sissignore una balena, non a modo di dire grossa come una balena, cicciona come una balena, grassa come una balena, proprio una balena vera, pareva un dorso di balena che faceva il paio con quel dorso di balena ch'era l'Isola di Pazze, forse un po' più piccola, un'infante di balena al seguito della balena madre, e la cingeva torno torno, le faceva il giro e il rigiro in cerca della mammella, la barchetta navigava come un vaporetto trascinata dal ritmo della remata, tagliò quel latte ch'era diventato il mare, intra a un'unica linea di nero, la barca avanzava a sobbalzi e sovvertimenti, emergeva la prua con quel suo nome pittato, Mariabbondanza, si sganciava dall'acqua e ricadeva, pareva fosse la barchetta a farci tutta la fatica, a sbuffare e crocchiare intra a quel cambio di fase tra acqua e aria, a darsi la spinta e lo sforzo per sfuggire all'onda: Masello se l'osservò quella barca e quella donna, a mezza voce mormorò, Ma che ci starà a pescare la Mariabbondanza? senza sapere che nominando la barca diede pure nome alla donna — se ne stava sopra alla barchetta con le anche aperte per tenere l'equilibrio e, a ripetizione, come pigliata da un astio contro l'acqua marina, gettava le reti e le ritirava a bordo. A Masello, quel nome gli faceva una tavolozza di colori intra alla capo, un quadro a meraviglia si faceva, se l'azzuccherava a destra e a manca, s'accavallavano pensieri che partivano dal suono che faceva quel nome, quasi sentiva una musichetta a pronunciarlo, a scivolare su quella legatura tra nome e opulenza, Mariabbondanza, che pigliava la rincorsa all'inizio della parola e poi si lasciava trasportare fino alla fine, come fare un salto e ricadere, a una a una unì altre parolette per assonanza, Mariabbondanza/ ci chiudemmo intra alla stanza/ ti spogliai con crianza/ tutta culo tetta e panza/ tu m'attizzi Mariabbondanza e sebbene ancora non la conoscesse di persona, già gli faceva il rimbambimento d'innamorato, una con quel nome, che da sola se ne andava per mare, che donna era questa donna, a sé stessa bastante, la Mariabbondanza? Gli era talmente familiare e reale e presente intra a se stes-

so che si convinse fosse, non già uguale, ma molto simile a una statua di madonna che aveva fatto l'anno prima, quasi che n'avesse fatta prima la statua e poi la persona, quasi l'avesse immaginata prima ancora d'incontrarla. Doveva essere primavera, aprile o maggio, quando don Polonio si presentò alla bottega, una serata da diomenescampi, con i tuoni e i fulmini che s'imbastardivano a terra a pugni chiusi e la pioggia che scrosciava sopra all'asfalto. Il pensiero di don Polonio tutto assuppato davanti alla porta, con la pioggia che colava sulla faccia, d'un lato e dall'altro rispetto alla diga che teneva per naso, lo faceva sempre sorridere — teneva don Polonio un nasone imponente, un grossissimo naso, un monte, un nasissimo infinito erto come il menhir di Gemini o la Specchia del Casale, intra al mezzo di due occhietti di spillo, teneva quel suo naso don Polonio ch'era una meridiana infilata intra al pavimento, ch'era una trave conficcata intra a quella testolina piccola e ossuta, calva, teneva un naso don Polonio immenso, come immense erano le nari, con i turbinati che ci facevano folate e sfiatate di balena e i peletti che si muovevano come fanoni a ogni respiro, teneva un naso don Polonio leggermente inclinato a sinistra o magari era invece la faccia leggermente inclinata a destra — con un grosso foruncolo a sentinella in punta in punta e l'attacco di faccia poco sopra al labbro di sopra, leporino. Verità per verità, don Polonio era il suo cliente migliore, tra crocifissi per le varie chiesette, pupi di santi, madonnine e presepi a varia grandezza, altari e canne d'organo, non era raro che dovesse rifiutare altri lavori per poter portare a termine quelli del prete. Eppure, ogni volta che lo incontrava gli veniva la sudazza, non aveva per niente voglia di vederlo, giacché tutti quei lavori che gli erano stati commissionati venivano pagati molto in ritardo o non gli venivano pagati affatto. In quel periodo, per esempio, Masello era ancora in attesa del pagamento di una statua di san Gerolamo, una di San Filippo, un aggetto barocco del pulpito ligneo, un crocifisso, un soffitto cartapestato d'una cappelletta annessa alla chiesa maggiore, un saio di gesso di San Francesco, una ventina di pupi da presepio, di cui tre pastorelli, una lavandaia, un gregge di pecore e montoni, i tre magi e un ceramista. Ogni volta erano piant'eterni: Oh

Masello, lei capisce, le campane! Gli altari! Gli addobbi! La restaurazione della chiesa! Lei sa quanto denaro serve per portare avanti una parrocchia? A vederselo perciò davanti alla porta, Masello si fece sospettoso. Che vorrà mo' sto prete? Per i primi minuti intra alla bottega si parlò di niente, di tempaccio, della nuova facciata del municipio, di conoscenti e sconoscenti, della visita del vescovo per la restaurazione d'una chiesetta di campagna. Poi don Polonio, intra a una sequela di piagnucolamenti, raccontò come quella mattina, la statua della madonna dell'Aiuto, durante lo spostamento dalla nicchia laterale dov'era sempre stata verso una posizione più centrale della chiesa, fosse scivolata e si fosse frantumata.

«Che dolore Masello! Manco fosse stata figlia mia! La festa della madonna è tra pochi mesi: senza madonna, come la organizzo la processione?», disse don Polonio.

«Perché non utilizzate un'altra statua? Santa Lucia o Santa Rita, le fate mettere un velo azzurro ed ecco che sono uguali uguali alla madonna.»

«E questo un imbroglio è: possono, i cristiani, inginocchiarsi bocconi, davanti a una madonna che non è madonna?»

«Fatevi prestare allora un'altra madonna: la madonna del Casale. O la madonna della coltura di Parabita. O la madonna della Grotta di Carpignano. O la madonna dell'Assunta di Leuca. Quella sempre madonna è, vi pare?»

«E come ci posso onorare la madonna dell'Aiuto, portando in processione la madonna del Casale, o della Grotta o dell'Assunta. Sono madonne diverse intra alla stessa persona, capisce? Ciascuna tiene orecchie soprattutto per certe preghiere e non per altre, ciascuna tiene a cuore in maniera primaria le parole di alcuni più delle parole di altri.»

«Tiene i raccomandati, ciascuna?» disse Masello.

«Masello non bestemmi, per carità. Ci pensi. Lei è la mia unica speranza.»

«Don Polonio, sarò molto franco con lei: non mi ha ancora pagato tutti i lavori fatti nell'ultimo anno. Qui non si campa.»

«Non s'affretti mastro Masello: per lei potrebbe essere una grande

occasione. Un'opera d'arte che le genti si riverseranno in massa per vederla e l'accoglieranno con gratitudine, la gratitudine Masello che bella cosa che è la gratitudine, l'accarezzeranno, l'adoreranno, la baceranno e la ringrazieranno, ne parleranno intra a tutto il Salento e forse nel resto delle Puglie fino a Matera e Lucera perché no, dappertutto parleranno di quest'opera di salentino. Mi dica lei che cosa debbo fare.»

Masello si lasciò cullare da un pensiero: ommini e donne in adorazione davanti alla sua statua e ovunque spandersi un nome, Masello Masello Masello, brutta cosa è l'ambizione che non lascia mai appagati, ma la gloria quand'arriva, la gloria! Elargire sorrisi e falsa modestia, gongolare poi a destra e a manca, guardare con sufficienza dall'alto in giù, certo del proprio nome e della propria arte, certo del proprio ruolo e del proprio destino, che gran cosa è la gloria.

«E allora don Polonio, sa cosa possiamo fare?»

Così disse Masello e così dicendo, possiamo, già incluse sé medesimo intra alla soluzione, errore, errorissimo si rivelò, giacché don Polonio s'animò d'un tratto come se c'avesse avuto una scossa e con nuovo vigore e voce più alta e scivolosa ripeté la domanda, voce a voce:

«Che cosa mastro Masello, dica, dica, che cosa possiamo fare?» e così dicendo, possiamo, incluse pure Masello intra alla soluzione.

«Io la statua gliela faccio. Gratis.»

«Oh mastro Masello siete un santo, una statua a lei bisognerebbe fare, una statua a lei, suonerò tutte le campane a festa…»

«Ma…»

«Ma?»

«Eh, ma…»

«Eh, ma?»

«Ma lei mi dovrà pagare tutti gli arretrati. Solo dopo, avrà la statua.»

«Tutti?»

«Tutti.»

«E lei la madonna la fa gratis?»

«Gratis.»

«Affare fatto.»

Alla fine di quell'incontro, nessuno dei due capì chi c'avesse guada-

gnato e chi c'avesse perso dallo scambio. Masello, da quel momento e per i successivi tre mesi, si chiuse in bottega a lavorare alla statua. La bottega era costituita da una stanza con le volte a stella, in fondo alla parete c'era un lavatoio di marmo. Poi, ovunque intra alle stanza, v'era una congerie di oggetti variegati, maschere carnevalesche appese ai muri, con il naso ad arco che calava in giù, orologi in pietra leccese, soprammobili, mappe e polvere di gesso, pasta di legno, pezze di stoffa, cellulosa e poi pupi e pupi di tutte le dimensioni, pastorelli, natività, santi e crocifissi, tanti Totò e Pulcinella incolonnati sopra a un tavolaccio, colori a tempera, pennelli, acquarelli, giornali, giornaletti e vinavil, carta per il pesce, cartapaglia, cartoline, carte da gioco, carta moschicida, carta da parati, carta d'imballaggio e polistiroli e decine e decine di teste e di mani in terracotta ammassate intra a una cassettina che pareva l'ossario dei martiri idruntini e poi libri, libri e libri, una caterva di pagine, una cofana di risme d'ogni sorta impilate in colonne che arrivavano fino al soffitto. Masello pigliò del filo di ferro e una balla di paglia e la modellò intra alla posa finale. S'immaginò la madonna con le braccia aperte in segno d'accoglienza, un piede nudo a schiacciare la capo d'una serpe, una foglia di palma stretta nel pugno. Fece un primo abbozzo della statua. Da un cumulo di riviste strappò della carta che mise a macerare intra a un catino con della colla, dell'acqua e della farina. Dopo un paio di giorni iniziò a drappeggiare la statua. In effetti non si poteva dire che Masello fosse uno scultore: non intagliava, non scolpiva, non conosceva i punti di rottura della roccia e del marmo, né faceva emergere le figure imprigionate nella materia. Era in grado di scolpire piccoli oggetti di legno, ma a chiamarsi scultore gli pareva un'usurpazione di titolo. Più corretta era la definizione di plasticatore, artigiano in grado di modellare la creta, la cartapesta, il gesso, per dirla, dell'arte plastica, arte povera di grand'impatto. Intra a quel primo tentativo ne uscì una statua gobba e malconcia, con la faccia sformata — capitò che due ragazzini della zona l'intravidero dai vetri smerigliati della bottega, si vedeva niente, c'appiccicarono il naso contro alla finestra e, non distinguendo se si trattasse d'essere vero o finto, s'impressionarono a tal punto da scapparsene con una mano davanti

agli occhi, certi d'averci visto la morte. Masello la fissò intra a un misto di pietà e rabbia ed esaltazione: era esausto, lordato di cenere e argilla e vernici colorate, il grembiule d'un colore che non si poteva dire, le mani d'un rosso intenso, macellaie, i vestiti ingessati e rigidi: a guardarlo, pareva essersi messo a maschera, pareva essersi fatto egli pure pupo cartapestato. Imbracò la statua e la fissò con delle funi sopra all'Ape che teneva parcheggiato davanti a casa: delle tre ruote solo quella davanti era di un Ape, quelle di dietro erano d'una Vespa e d'una Panda, un miscatiglio d'animali che non s'era mai visto né lì né altrove. Mise in moto. L'Ape avanzava in obliquo, azzoppato, col cassettone di dietro tutto storto: chi lo scorgeva s'impauriva per quella vista, restava impressionato da tanto turpe figura, sopra a tanto turpe mezzo, guidato da tanto turpe ommo, si scappellava e faceva le corna intra all'aria o chiamava gli altri a raccolta a guardare la salita in terra degl'inferi ché quello per l'appunto s'appariva, l'inferno intra a quella terra. Guidò per un po' in cerca d'un mare per affondarle la statua. Arrivato intra a un punto sulla costa in cui la scogliera s'elevava a sei, sette metri dal livello di mare e s'incuneava intra a piccole grotte e rientranze ricche di sterpi, Masello pigliò la statua: non pesava nulla, nonostante fosse alta più d'un metro e mezzo e avesse la base in pietra grezza, pigliò la statua e la scaraventò in basso. I colori si mischiarono all'onde, ne fecero una grossa chiazza tutt'intorno. Non scomparve subito: per un po' galleggiò e si fece trasportare dalla corrente, quasi ci stesse facendo il morto sopra alle acque, prima d'affondarsi intra alle profondità. Dopo quel primo tentativo, Masello si pentì di aver accettato il lavoro. Per due settimane rimase inoperoso intra alla sua bottega. Vagava, tergiversava, si moveva senza scopo intra alla stanza. Di tanto in tanto dava pennellate inutili a qualche pupo già finito, smussava le asperità di un vasetto in terracotta o disegnava dei vasi di fiori appassiti. Iniziò a leggere, quello sì, le decine di fogli e libri ch'erano intra alla bottega. Si sorprese nel constatare che, da quando lavorava come plasticatore, almeno venticinque anni, non s'era mai preso la briga di leggere la carta che toccava e stracciava intra a ogni momento della giornata, di leggere le storie che vi erano stampate sopra. Gli capitò tra le mani,

per esempio, Il breviario di Papa Galeazzo, un libro con la carta spessa e fatta consunta dal tempo. Pareva letto molte volte. Ai margini delle pagine erano presenti note, appunti, scritture e grafie diverse: a pagina otto quella d'una donna, sei uova e una chilata di farina, e anche quella a pagina centotrentatré, dove ci stava un cuore disegnato e gocciolante sangue e il nome Oronzo addobbato con tanti ghirigori baroccheggianti e foglie di vischio; d'un ommo quella intra alla pagina uno, dove ci stava una data e un posto, Novoli 23 febbraio 1913, le lettere stavano tutte piegate in avanti pronte alla corsa e stavano fitte fitte una appresso all'altra che quasi si faceva fatica a riconoscerle; non si capiva invece se di ommo o di donna fosse quella a pagina settantasette giacché era scritta in stampatello affianco a un titolo, Tra riso e pianto, ("Arciprete, domandava un giorno la Baronessa, che cos'è che divide il riso dalle lagrime?", "Il naso!" rispose Papa Galeazzo, "Il naso!"), Masello pensò al naso di don Polonio e gli venne da ridere. Strappò quella pagina e la mise a macerare. Raccattò un foglio di giornale svolazzante, sgualcito, lo pigliò e lo stiracchiò. In una foto in centro pagina, il mare era tutti i mari, una vastità d'acqua noiosa e inerme alla propria grandiosità e in quell'azzurrissimo d'acqua ch'era stato fotografato s'intravedeva l'Isola di Pazze. Pigliò quel foglio e lo buttò intra al catino. Da una pila di libri sfilò una vecchia bibbia: ne scelse alcuni passi, ne strappò le pagine e le inserì nel calderone. Ritrovò i suoi appunti con le storie dei tre vecchiarazza, scelse scarabocchi e note, il pentagramma d'un musicista greco, l'immagine d'un'orchidea, i versi di una poesia di Vittorio Bodini ("Qui non vorrei vivere dove vivere/ mi tocca, mio paese, / così sgradito da doverti amare;/ lento piano dove la luce pare/ di carne cruda/ e il nespolo va e viene fra noi e l'inverno"), fibre e papiri e sacchi di tela. Scelse la carta per le storie che v'erano stampate sopra, per tre giorni non fece altro che quello: leggere, strappare, ritagliare, appallottolare. Gli rimandava la sensazione che le parole si facessero corpo di statua, carne, ogni storia diventasse nient'altro che vita vissuta per essa, un passato reale che le appartenesse e che l'apparisse pertanto a statua viva. Da quel momento lavorò solo a quella statua. Arrivò infine il giorno della processione.

Il sole era all'appicco di giornata: afa, scirocco imputtanuto, sopra all'asfalto tremolava la morgana. I chierichetti avevano avuto il permesso di servire la messa in maniche di camicia e pure don Polonio s'era tolto i paramenti. Intra a un silenzio d'attesa, si sentivano i battiti dei ventagli sopra alle poppe belle e grasse delle donne del paese che pareva di stare intra a una voliera, e c'era la vedova Cazzato, abbrunata a lutto, che si faceva vento al ritmo del core suo rassegnato, adagio, pesante sbatteva la tela al petto, pensando all'ommo defunto buonanima, pareva, meschina, un lamento, Lo tenevo l'ommo mio e l'aggio perso/ Lo tenevo e l'aggio perso/ Lo tenevo e l'aggio perso; dall'altra parte della chiesa stava la signorina Cesarina Bottazzo, sessant'anni, truccatissima, troppo truccatissima che si faceva vento al ritmo del core suo speranzoso, veloce lo sventaglio, più lieta sbatteva la tela al petto pensando all'ommo suo venturo e pareva lo sfrangersi dell'acque a riva, Non lo tengo ma lo st'aspetto/ Non lo tengo ma lo st'aspetto/ Non lo tengo ma lo st'aspetto e nel mentre che così faceva, la signorina guardava di sottecchi Corradino Pantaleo, maritato, che però pure la guardava; più oltre, alle ultime file, la famiglia Masucci al completo: il padre altero che si chiamava proprio Altero e non muoveva manco il baffo per non sudare, quattro ronfanti figli sulle panche e la moglie Gemma, impettita e orgogliosa, dalla borsa pigliò un ventaglio perlato, l'aprì a pavone con gesto di polso e l'agitò al ritmo del core suo gaudente, rapidissimo, leggera la tela sfiorava il petto, pensando all'ommo suo tutto d'un pezzo, pareva il cinguettio degli uccelli, Io lo tengo e ringrazio Iddio/ Io lo tengo e ringrazio Iddio/ Io lo tengo e ringrazio Iddio, e guardando le altre soddisfatta, sorrideva della fortuna sua. Mentre le donne così facevano, agli ommini gli si chiudevano un poco gli occhietti, uno sbadigliava e pure gli altri sbadigliavano — pure qualche donna da dietro al ventaglio sbadigliava — resistevano un poco ma poi con la voce monotòno di don Polonio, il fruscio sventaglioso, la canicola estiva di mezzo luglio, s'arrendevano stanchi, s'abbandonavano poggiando il mento al petto e s'addormentavano russanti — pure qualche donna da dietro al ventaglio russava — e con tutti quei movimenti pareva d'essere cascati sani sani

intra alla sala macchine d'un peschereccio. Don Polonio con una mano si tamponava la fronte ché ormai era una pezza d'acqua. Poi alzando i palmi al cielo, fece il segno d'avvicinarsi a qualcuno in fondo alla navata. Entrarono quattro ommini con in spalla la statua nascosta da un lenzuolo. I cristiani si svegliarono dal proprio sonno, si stiracchiarono, spaesati nel ritrovarsi intra alla chiesa, e chiamarono ciascuno il vicino o la vicina, pure lui o lei dormisciuto. I quattro che portavano la statua non erano alti uguali, due erano più alti e due più bassi. Tra le varie possibili conformazioni che avrebbero potuto ottenere, optarono per la meno ovvia, con i due alti lungo una diagonale e i due bassi alle rimanenti estremità, sicché i due più bassi erano costretti a stare ora con le braccia in alto e ora con le braccia a livello della spalla intra a un dondolamento di statua a mare grosso, un ballo sopra alle spalle dei quattro. Masello guardava preoccupato, consigliava riguardo, dolcezza, d'andare più piano, che è delicata la madonna, è fragile. Si levò alto il canto del coro. La statua attraversò tutta la navata e fu posizionata su un piedistallo vicino all'altare opportunamente preparato per l'occasione. Don Polonio scese dall'altare e s'avvicinò alla statua, il coro intonò un Alleluja vivace e festoso, le campane iniziarono a dindondare: il prete prese un lembo del telo e lo lanciò come fanno i pescatori quando buttano le reti intra a mare. La madonna stava lì, svelata. Don Polonio guardò soddisfatto la platea, ma non vi lesse la contentezza, l'entusiasmo che s'era aspettato: tutti rimasero in silenzio. Le voci del coro si dispersero in mezzo alla chiesa come branco di pesci alla fiocina, il canto diventò stonato, strozzato intra alla gola, fino a spegnersi del tutto. Guardò la statua. mo': la madonna teneva i piedi scalzi, la veste bianca, il velo celeste e teneva pure un cerchio sopra alla testa che faceva da aureola: era pari a pari a tutte le altre madonne del mondo, se non per un'evidente pinguedine che la rendeva più rotonda, carnosa, con un gran doppiomento da cicogna e i rotoli di grasso sulle braccia, sul petto e, sia detto con rispetto, sul sederone da matrona. Questa madonna aveva un aspetto pacioccoso, gioviale, rideva, rideva proprio, sopra a quella sua faccia pasciuta e in carne, soddisfatta, gli occhi erano fatti piccinni piccinni e le mani sta-

vano strette sulla pancia per il gran ridere. Nella chiesa s'ebbe un momento di sospensione, un tempo indefinito nel quale ciascuno fece i conti con ciò che stava vedendo: s'avvertirono, sopra a quelle facce meravigliate, tanti piccoli cataclismi, guasti lievi, vertigini improvvise, allisciamento di capelli, tremolii di palpebre, crepe impercettibili che modificarono profondamente il modo di ciascuno di stare al mondo: e nessuno fu più lo stesso di quand'era entrato intra alla chiesa. Don Polonio, per esempio: teneva il naso che tremava come una banderuola al vento e gli occhi spalanchi che roteavano a spirale e occhiavano sperduti. Pigliò il telo e lo lanciò in aria cercando di ricoprire la statua ma il telo scivolò giù; lo raccolse e lo tirò di nuovo ma quello rimase in sospeso sopra all'aureola e scivolò nuovamente e più ci provava più il telo cadeva e più il telo cadeva più i fedeli ridevano; la vedova Sanapo s'era sguaiata sulla panca e il suo riso era contagioso, lo sventaglio, da pesante ch'era, s'era fatto più delicato, Non lo tengo e non lo st'aspetto/ non lo tengo e non lo st'aspetto; più oltre Corradino Pantaleo e la signorina Cesarina Bottazzo s'erano fatti coraggio, facevano segno d'intendersi, la Cesarina giocava con il ventaglio suo e l'agitava con il ritmo sensuale a quell'ommo maritato, ci faceva l'occhiolino, ci passava la lingua sulla bocca rugosa e increspata facendoci vedere pure lo spazio vacante dei denti — teneva il rossetto mezzo slavato giro giro alla bocca, fatto grumi grumi e il trucco s'era fatto secco e cadeva come intonaco a pezzi, un muro crollato d'intra a un terremoto; l'Altero s'era levato di scatto, aveva puntato il dito contro all'altare e aveva gridato:

«Don Polonio questa è una bestemmia!»

La signora Gemma svolazzante fino a pochi attimi prima, si nascose dietro al ventaglio per la vergogna d'avere un marito bigotto e puritano, poi a sua volta s'alzò e gli gridò in faccia:

«E per una volta che pure la madonna si fa una risata!»

L'Altero, colto di sorpresa si rivolse a lei e abbassò un poco la voce, condiscendente.

«Mia cara, non è quello il motivo, non è perché ride: è perché questa madonna è… grassa!»

Alcune vecchie zitelle, approvando quel pensiero, si misero a sbro-

dolare ave marie e padre nostro per mondare il mondo da quel peccato. Qualcuno cennava di sì col capo, qualcuno cennava di no.

«Grassa a chi?», disse un vocione dal fondo della chiesa ch'era d'un ommo corpulento che si chiamava Ciccio Impastato, costretto intra a pantaloni sformati tenuti insieme da un sistema di bretelle, cinture, pulegge, leve e controleve.

«Non volevo...»

«Però, è più simpatica così», disse qualcuno.

«Simpatica o non simpatica, mica è una madonna quella.»

«Perché tu l'hai conosciuta?»

E così i cristiani continuarono a rimpallarsi le rispettive opinioni restando ciascuno ben piantato sulle proprie, la madonna è grassa, la madonna è magra, la madonna deve ridere, la madonna deve piangere e più d'uno, ribadendo la propria idea, s'era poi voltato verso quella madonna cartapestata che se la rideva di tutto quello spettacolo, se la guardò e se la rise a sua volta, con una risata liberatoria che a Masello pareva un altro modo di pregare. Sgattaiolò fuori dalla chiesa senza essere visto: prima o poi qualcuno si sarebbe direttamente rivolto a lui sul perché e percome di quella statua e lui in tutta onestà non avrebbe saputo rispondere. Sul perché di quella statua, fatta in quella maniera: non lo sapeva il perché. Magari erano le storie che v'aveva aggiunto o la carta che aveva scelto o una sua idea rimasta sepolta da qualche parte prima di diventare statua o tutt'insieme: ma aveva davvero importanza? La discussione andò avanti per tutta la sera, poi venne interrotta e ripresa il giorno dopo durante la prima messa e durò per i due giorni successivi. Alla fine si decise che la statua, ridente e formosa, sarebbe stata sistemata intra a una nicchiarella laterale, nascosta a chi non la voleva vedere e accessibile a chi invece l'ammirava.

Pertanto: quando Masello si volse al mare e vide sopra quella barca la Mariabbondanza, gli parve davvero di vedere la madonna. Intra a tutta quella vastità che voleva essere, tutta quell'acqua, quell'apertura, Masello c'ebbe l'impressione a un impicciolimento di tutto, un restringimento come intra a un catino, il mare rimaneva sullo sfondo e invece la Mariabbondanza s'ingigantiva al confronto: Masello non riusciva

a scorgerne il volto, ne sentiva solo lo sforzo intra a quella remata, faceva tale e tanto movimento che le onde s'irradiavano dalla barca trascinando quel biancheggio di medusa intra al saliscendi d'acqua e di schiuma. Il nome di Mariabbondanza sulla fiancata, d'un chiaro simile al pallido di mare, risultava più evidente intra al contrasto con il nero pece dello scafo. La barca aveva percorso un centinaio di metri ed era quasi scomparsa alla vista, dietro uno spuntone di roccia che apriva a un'insenatura più avanti, un piccolo porto che prendeva il nome di Posto Rosso. Prima di raggiungere la costa, che ci bastava quasi tirare la fune per essere portata a secca, disegnò un occhiello intra a mare, girò lentamente su se stessa e rimise la prua verso il largo per poi fermarsi dopo pochi minuti. Pareva che la barchettuzza c'avesse fatto tutta la manovra per assistere a uno spettacolo, che dopo essersi pigliata popcorn e limonata c'avesse messo i piedi distesi sopra a un puff. Ancora più strambo gli arrisultò quello che fece la Mariabbondanza, la femmina e donna. Si levò, per dirla, in piedi sopra alla barca, quasi maremotando il mare intorno, intra a un gran sollevarsi d'onde e di schiume, si sistemò a prua, sollevò la veste fino alle cosce e s'assittò pizzo pizzo alla paratia della barca, con il culo strabordante fuori bordo e la gonna a calare lungo la fiancata, che anziché Mariabbondanza, ora si leggeva Mari e danza, a dire danza di mari, un balletto che ci facevano le acque, acque sopra e acque sotta, con la spumarola a movimentare la barca o viceversa la barca a provocare la marea, intra all'impresa di non affondare lei e lei, Mariabbondanza e Mariabbondanza: che ci starà a fare quella benedetta donna, dopo essersene andata mare mare, ora decide di piantarci le tende, la Mariabbondanza? Rimase tutto fermo intra a quella maniera per alcuni minuti, la barcuzza in obliquo a rischio di catapultarsi e la donna assittata con la faccia rivolta all'isola e il culo all'acqua. Masello camminò lungo un sentiero inghiaiato tra rocce e arbusti di mare, tenendo un occhio al terreno per non capitombolare e un occhio sopra a quel misterio di donna e di barca. La Mariabbondanza si rimise in piedi, s'allisciò la gonna lungo i fianchi e rimase a rimirarsi il mare da quel lato. Masello s'accorse allora che una parte della scritta Mariabbondanza s'era passata da bianca

candida a giallastra, intra a una macchia che partiva dall'alto e finiva intra all'acqua: eccolo lì il grande misterio glorioso, misterio naturale e normalissimo, una pisciatina a mare aperto della Mariabbondanza, acqua con acqua, a sbeffeggiarlo lo Ionio ammedusato, una normalissima questione privata cui s'era ritrovato ad assistere manco ci stesse spiando dal buco della serratura, un gesto, per dirla, che quasi lo fece crollare al suolo, giacché se l'era disegnato uguale sputato intra alla capo per tutta la vita, d'una donna sicura e fragile allo stesso tempo, capace d'andarsene da sola per mare e di trovarsi naturalissima col culo di fora accasciata sopra all'acqua, e quella donna siffatta, quella donna sarebbe stata per l'appunto la donna della sua vita. Gli parve pertanto, intra a quella intimità che gli aveva offerto, intra a quella sua raffigurazione precisa identica della statua della madonna, gli parve di conoscere quella donna da sempre pure che nella realtà l'avesse vista una volta sola e da lontano, che magari quello era per l'appunto ammore — hiii che parole Masello! Ammore…

Masello decise di salire più in alto sul costone per poterla seguire. Ormai voleva vedere da vicino quella donnona, un ammielamento di bocca, uno zuccherello di carne e di mente, pigliò un passaggio allisciato tra scoglio e scoglio, aiutandosi con le mani, con la roccia che a tratti si faceva puntuta e tagliente e la puzza di pesce rancido che s'aumentava alla misura dell'avanzata. Vide genti diverse arrivare alla spicciolata, donne e ommini appressarrsi alla riva alla sinfasò, un crescente mormoriare, inusuale intra a tempi normali — e a quell'ora mattutina, per giunta! quando di norma s'udivano solo i motori dei primi pescherecci e le voci dei pescatori che s'affannavano a contrattare il prezzo del pescato lungo il molo — ma quelli tempi normali non erano, con quel mare mutato a bianco calce come a pietra leccese, fatto a lapide di pesci e di vita. Masello sentì una profonda stanchezza calargli sopra alle palpebre: non aveva dormito bene durante la notte, era stato un continuo movimentarsi, svegliarsi e sognare di dormire e dormire e sognare di svegliarsi intra a un continuo macinino di mente, che pigliava i pensieri e li triturava. Aveva sognato, questo lo ricordava bene, una sirena in carne e ossa, o in carne e lische nel dubbio. La si-

rena aveva dietro, a poppa, un popò di coda di pesce con squame d'orata e scagliette argentate, e d'avanti, a prua, due poppe di donna ben in vista che lui faceva fatica a non guardare. Sentiva il suo respiro farsi voce intra al silenzio, un imbroglio di parole incomprensibili simile a un borborigmo da digestione. Sarebbe questa la voce ammaliante di sirena? La voce incantatrice? Masello avvertì una folata di vento carizzargli la faccia. La sirena sorrise. Poi mise le labbra a bacio e s'avvicinò con la bocca. Masello fece altrettanto: l'avrebbe baciata, oh sissignore che l'avrebbe baciata se non fosse stato per quell'alito che puzzava d'alici, di pesce, che peccato! un tale fetore da una tanto bella mezzafemmina. Con la coda dell'occhio Masello vide la faccia della sirena piena di bolle che diventava mobile e cangiava a più e meno distanza, fino a diventare faccia di tricheco con baffi e dentoni e le mani palmate. Con quell'immagine d'obbrobrio e il puzzo che gli appestava le narici, Masello si figurò d'emergere d'intra al mare, d'un mare che non esisteva fino a quel momento, ma ch'era diventato vitale attraversare, ci vide tutte le bollicine che salivano verso l'alto e risalì a tutta velocità verso l'aria a rischio d'averci un'embolia, velocissimamente superò l'onda, aprì gli occhi ritrovandosi faccia a muso, baffo a baffo contro a un gatto che gli alitava sulla faccia. Si sbantò come mai gli era capitato, non aveva mai avuto gatti, odiava i gatti, ci cacciò un grido che rimbombò tra le pareti, tremò tutto il paese, pure il gatto si fece spavento e, sfoderando unghie e denti, artigliò la canotta e il petto, trafisse la carne dell'ommo, aggiungendo urlo a urlo, dolore a paura, poi balzò giù dal letto. Masello ci sentiva il tamburo di cuore intra alle orecchie, ansimava a fiato corto, guardava quel gatto, un bel gattone dal pelo fulvo che ribattezzò appunto Fulvo, con una macchia bianca sopra al dorso, che s'alliccava le zampe, si strufignava il muso, girava gli occhi torno torno alla stanza, come se nulla fosse, faceva l'indifferente. Era entrato dalla finestra che Masello usava tenere socchiusa per farci passare un filettino di vento. Masello s'alzò in piedi sopra al letto, cominciò a gridarci al gatto, Smamma Smamma, e l'allontanava con la mano come a gettarci l'acqua santa, Mamma mia tu sei il demonio, da dov'è che sei arrivato? E lo ripeteva intra a una

cantilena che pareva un pianto, da dove sei entrato, diavolo d'un gatto? Il Fulvo non pareva impressionato: si faceva tolettatura, sbadigliava, svicolava silenzioso lungo i muri. Masello poggiò il piede destro per terra, poi il sinistro, strinse intra alla mano uno zoccolo di legno senza fare rumore, pigliò la mira, tirò: lo zoccolo fece uno schianto contr'al muro ben lontano da dov'era il Fulvo. Il dopo, fu tutto un rincorrersi e fermarsi, Masello correva e il gatto correva, Masello si fermava e il gatto si fermava, così per diverso tempo, Masello correva di nuovo e di nuovo correva il gatto, Masello si fermava di nuovo e di nuovo il gatto si fermava e con tutto quel movimento, dalla mutanda ingiallita di Masello, fece capolino il suo pendaglio di maschio e a ogni passo sballonzolava e di qua e di là, come a un martelletto di campana, pareva che ci volesse incantesimare il Fulvo, che volesse fargli l'ipnosi e il gatto gli dette pure quest'impressione, d'essere completamente alla mercé di quell'arnese, giacché s'era fatto statua intra all'angolino dove s'era rincantucciato, ci si poteva forse dire, Alzati e cammina, e quello si sarebbe messo sulle due zampe di dietro e c'avrebbe fatto l'acrobata. Masello s'accorse di quella fissità al suo tesoretto magico e si fermò, occhi d'ommo intra a occhi di gatto. Lentamente fece scivolare la mutanda per terra, lasciando nudo completo il proprio re. Ci tieni invidia, eh dì la verità? Ci tieni invidia, nevvero? E per essere ommo tra gli altri ommini non è che c'avesse granché da vantarsi, ma verso a un gatto, oh verso un gatto che là in basso ci tiene una pulice invisibile, quello ci doveva parere un grandimpero. Masello aprì un poco le gambe e cominciò a saltellare sulle punte, roteando e fianchi e culo come intra a un hula hoop: a ogni salto il grandimpero s'animava di vita propria, seguiva il salto e la ricaduta, ci faceva cerchi intra all'aria e dopo due minuti buoni di tutto quell'andirivieni, invece d'accasciarsi smorto, quel fetentacchio s'era fatto tosto e rigido, un gallo cedrone s'era fatto, un Cesare imperatore che mostrava i muscoli e il petto. Il Fulvo, nisba. S'era messo a sbadigliare da tutto quel mostrare e da tutte quelle mossette che ci faceva Masello. Come niente fosse s'allontanò verso la finestra e saltò in strada. Dalla finestra arrivavano miagolii e grugniti e bofonchiamenti. Masello non voleva dargliela vinta: si

vestì in fretta e corse verso la porta. La aprì: lì rimase. Culo faccia culo, stavano incordonati cento e più di gatti, una fiumana felina che si dirigeva verso il mare, s'avanzavano gatton gattoni, un'alitata, un soffio, senza rumore intra a un secutizzo di miagolii e di fusa, le coppie s'affusavano e correvano davanti alla fila, s'ingroppavano man mano che la fila avanzava e s'accodavano nuovamente. Masello rimase a baccalà sopra all'uscio, metà dentro e metà fuori. Per essere certo di non sognare, si guardò la mano — teneva un colore bluastro per le tinte di bottega che s'erano penetrate intra alla carne e non si scoloravano più, s'erano infiltrate intra al sangue così tanto che ci poteva ben dire d'essere reale, monarca e nobile, che lui il sangue blu lo teneva da re — e si schiaffeggiò con forza. Guardò di nuovo. Una gatta sgravidata s'era accostata a un muro ad allattare tre micini; un gatto, orbo da un occhio, rizzò il pelo contro un siamese, due brutti ceffi dal pelo arruffatizzo l'attaccarono alle spalle, gli s'accanirono contro, altri due si gettarono a difesa, intra a una giravolta di corpi agili che s'arrivoltavano come matasse e che sputavano sull'asfalto ora un ciuffo di peli, ora una coda mozza, ora un canino. Dalla casa di fronte venne aperta una finestra, si sollevò una persiana, uno scarpone calò dritto dritto sulla capo di un persiano che in micese bestemmiò, Troia; una donna si portò al balcone, Antò, Antò, vien'a vedere, quassotta ci sta la sfilata, e una dopo l'altra s'addumarono le case, i paesani s'affacciarono alla via, E mo' vediamo dove se ne scappano le zoccole, con tutti sti gatti, disse qualcuno. Da una casa al fondo della via ci uscì la vecchi'Amanda, poteva avere cento, duecento, trecent'anni, tutto poteva essere. Teneva un rosario intra alle mani e cominciò a dire, Gatto e gatto, stria e stria/ allontanateve da casa mia/ iate iate ma quassotta non tornate/ macare macarìe ascoltate le parole mie, pareva ci stesse facendo il malocchio. Dalle case gridavano alla vecchia, Zitta zitta brutta strega, vola via uccellaccio del malaugurio. Quella continuava, Gatti e strie sono sventura/ tremate paesani è tiempo di paura; i cani si lanciarono contro alle inferriate con la rabbia intra all'abbaio, s'impazzivano rognosi, ululavano, si strozzavano, guaivano nel vedere i culi dei gatti allontanarsi senza poterci dare un assaggio; Fulvo comparve sopra un

muricciolo: nel vederlo tutti gli altri si acquietarono, feriti e zoppi, sanguinanti. Guardò Masello, poi si voltò di schiena. Masello chiuse la porta. S'accodò lui pure, culo faccia culo. Arrivarono davanti alla riva. Lo scuro rendeva neranera la rena quand'invece il riverbero di sole l'avrebbe tramutata in sabbia finissima e bianca, pareva incatramata, spurgo di petroliera se non per i brillii e gli scintillii che rimbalzavano sui massi dal morso di luna. L'Isola di Pazze restava addormentata intra all'acqua, più nera dello scuro. Masello tirò su col naso: un tanfo di marciume, olezzo, puzzo di pesce e piscio di micio. I mici s'erano sparpagliati costa costa lungo la plaia, non ne vedeva più manco le code, solo gli occhi felini vagolavano intra al buio. Fece un passo. La scarpa gli s'affondò intra al terreno intra un viscidume di bava e di squame che gli fece rizzare le carni. Rimase con un piede a mezz'aria e l'altro affondato intra a un cumulo d'alighe putrende e di pesci con gli occhi schiumosi, come c'avessero la bava oculare che ci facesse da palpebra, pescetti smaciullati, riversati a faccia in su, morti e vivi, molti vivi, che sotto al peso di ommo si compressavano e morivano oppure scivolavano sulla rena e svicolavano, spigole, sparaglioni, tinche, ope e alicette di sperone, occhiate e orate, cernie, cefali, saraghi e sciudei dagli occhi invitreoliti. Sentiva lì a breve distanza uno smozzicare e un artigliare di gatti, a tratti ne vedeva le sagome; alcuni, tra quelli a lui più vicini, non sapevano più dove guardare in mezzo a tanta grazia, di pesce e di pesce, s'abbuffavano e s'ingolfavano, pigliavano un pescetto, l'alliscavano, lo lasciavano nudo con la capo attaccata alle spine e a volte si mangiavano pure quella; i meno avveduti s'avventarono su quei pescetti che prendevano il nome di strozzagatti, piccoli piccoli e pieni di spine, vomitarono l'entrame, rischiarono il coccolone per troppa avidità; altri spiavano col muso intra alle valve delle vongole, le tenevano ferme con le zampe e cercavano di guardarci intra. Voltandosi verso una zona più buia, dove gli scogli si facevano più alti e tutta una vegetazione d'ametiste, calcatreppole e ruchette s'aggrappava con tenacia sopra alle dune, Masello notò la vecchi'Amanda, che pure lei s'era venuta sopra alla costa e teneva in mano un bastone che menava all'aria a destra e a manca quasi volesse farci un incantesimo.

«Che c'hai da guardare giovinotto?»

Masello non rispose.

«Uè giovinotto, giovinotto dico a te.»

La voce della vecchi'Amanda gli arrivò da lontano, fina fina e pareva un miagolio di gatto e all'udire quella, pure i gatti miagolarono in risposta.

«Che volete?» disse Masello.

«Che ci fate qua in mezzo a tutto sto pesciame? Andatevene, andatevene pirdeu, cangiate paese, partitevene, date ascolto a sta vecchiarella, ché la mala sorte s'ha pigliato appuntamento quassotta alla terra meridione. Malo segno intra a malo sogno: s'arriva la sventura, andatevene sentite a me. Malo segno, malo segno assai.»

«Che è sto malo segno che dite signor'Amanda?» disse Masello, «Sti pescetti sarebbero? Qui non ci sta nessun misterio: sono giorni che ne troviamo a riva, da Torre Mozza a Rottacapozza e pure alla plaia grande: la morìa pescina, questa spiaggiatura, tiene una spiegazione, signor'Amanda e la spiegazione sono i banchi di meduse, la vedete pure voi quella macchia, meduse, si fanno branco a branco, e lasciano i pesci senz'aria, senza ossigeno.»

«Meduse e meduse!» ci gridò la vecchia: la sua voce si propagava a eco, rimbalzava onda a onda e scoglio a scoglio e cielo a cielo, che pareva essere imprigionata intra a una conchiglia, «E dove stavano le meduse fino a mo'? Mo' sono uscite? Ve lo dico io: intra a mare stavano, intra a mare stavano prima, intra a mare stanno mo'… e perché mo' i pescetti si spiaggiano e prima no? Qua s'è svacantuto il mare! Il pesce non s'affoga, giovinotto, il pesce non si spiaggia, questo è malo segno, malo segno sorte noscia, malo segno assai.»

Così parlava la vecchi'Amanda, la bocca sdentata ch'era un pozzo nero, gli occhi funesti, l'odore di pepe e stracci sporchi, tanta di barba e di baffo.

«Ma quale malasorte, signor'Amanda? Magari per noi sarà pure sventura, un fatto increscioso, che ci dobbiamo pulire la spiaggia e ci dobbiamo tappare il naso per non respirare il puzzo che c'appesta la nostra bell'aria, ma guardatela dalla parte dei gatti, questa vostra

malasorte: che sventura può mai essere st'abbondanza, per i gatti? Miracolo è per loro, la moltiplicazione dei pesci, miracolo micese d'un gatto salvatore. E questo, come me lo spiegate, signor'Amanda? Che malasorte, è malasorte per noi, e invece è buonasorte per i gatti.»

Ci guardò a Fulvo: restava assittato come un papa, sopra a una collinetta di mitili, mandava rantoli d'indigestione, maomao e maomao, con una lisca di pesce che gli penzolava dal muso. A fatica, tirò con la zampa sopra alla capo d'una sogliola che non voleva saperne di morire: morì; un polpo teneva i tentacoli a raggiera e la capo molliccia riversa di lato, come combattente esausto per le troppe battaglie. Masello lo pigliò per la capo: i tentacoli non facevano presa, slittavano. Lo gettò intra a mare. Il polpo calò gorgogliando e s'affondò.

«Giovinotto, io ti facevo più sveglio e invece sei tardo. Tu mi dici dei gatti: e guardateli mo' sti vostri gatti, che prima s'erano buttati a pesce sopra ai pesci e mo' invece si stanno accorti a non toccarli, guardateli come ci girano al largo dal loro pranzo, guardateli, guardateli come guardano di lato al loro salvatore che c'ha fatto il miracolo gattaro, stanno dicendo, chi dei due? Barabba o Iesù, e gridano Barabba e Barabba, non tengono chiodi, ma s'affilano l'unghie. Guardateli pirdeu e poi ditemi se non tengo ragioni.»

I gatti rotavano attorno a Fulvo, ci rizzavano il pelo contro, pareva fosse colpa sua d'avere fatto un miracolo non richiesto, d'averli fatti avvelenare. Fulvo, da par suo, stava coricato con la zampa floscia, non era interessato a ciò che accadeva attorno, stava martirizzato, pareva essersi messo in groppa due croci, quand'era sulla pancia che ci teneva il peso.

«E allora signor'Amanda ditemela voi la vostra bella verità: ché è sta mala sventura che c'appioppate?»

«Ma lo sentite stò giovanotto, lo sentite?» rispose la vecchiarella, e Masello non sapeva se si rivolgesse ai gatti o ai paesani, «La vuole sì, sta verità, o non la vuole no? Non tengo voglia di scherzare, io. La verità volete? Eccovela papale papale: succede sempre, a partire d'intra a mare, la malasorte. Eccola detta. È puttano il mare, il mare è puttaniere, è il mare che dà, è il mare che toglie, è lui sempre che ci spagna, ci face paura.»

La figura dell'Amanda era sempre minuta minuta, ma la voce al rimbombo, arrochita, ommina, e quelle parole e il ruscio di mare che si faceva cassa e amplificatore, l'ingrandivano, la facevano diventare gigante, a Masello gli ricordava un alberello d'ulivo giovane giovane che prima è un fuscello dritto dritto, leggero e poi s'ingrassa intra agli anni, si piglia legno, si piglia linfa e fogliame e ulive, centenaro si fa, col tronco curvato e potente, e diventa nodoso, alle radici e ai rami, orgoglioso di tanta mole, tutto curvato ma a testa alta, ché ci guarda da paro a paro al pino d'Aleppo o al cipresso o alla quercia vallonea o all'arakauria, e che da essi viene guardato con invidia — ci fu un tempo in cui l'ulivo teneva tronchi verginelli, lisci e alti come una pertica, bellissimi alla vista, talmente belli e senza nodi, ch'erano ideali per farci le croci e appenderci gli assassini: successe, poi, che dovettero inchiodarci a un ommo che teneva lo sguardo altrove, era ommo e pure dio, ma soprattutto ommo, giacché al primo chiodo intra alla mano destra urlò e sbraitò e ci pianse di dolore: pure l'ulivo ci pianse e s'ammutinò che non voleva che il suo bel legno, liscio e senza nodi, un legno fatto apposta per le croci, servisse per farci assassinio d'un dio ch'era ommo, innocentello: pianse l'ulivo e piangendo s'incurvò per il rifiuto, si camuffò il tronco, lo fece sgorbio e scorbutico, torcendolo e tenendo intra a sé un dolore senza fine, tenendo intra a sé la memoria delle cose: così rimase l'ulivo tutto torto e a testa alta, a guardarci dall'alto a tutti gli esseri, con orgoglio — ci stava un ulivo che chiamavano il Patriarca, un marcantonio tra gli ulivi. Avevano provato una volta ad abbracciarne il tronco, ce ne vollero quattordici di ragazzetti a pigliarlo tutto, con le braccia stirate al massimo a toccarsi uno con l'altro le punte delle dita, quattordici che ci provavano ogni anno dall'età di sei anni e che quando n'ebbero dodici cacciarono un urlo di gioia per essere riusciti finalmente ad abbracciarselo a quel loro gigante; gli adulti — che pure loro avevano fatto l'abbraccio quand'erano piccinni piccini, e anzi, pure ché mo' s'erano fatti grandi e tenevano moglie e figliolanza, pure mo' si portavano una volta all'anno attorno all'ulivo e se l'abbracciavano, gli stessi quattordici di quand'erano piccinni, anche se ormai dieci bastavano a pigliarselo tutto — gli adulti, si levavano

la coppola e se la stringevano in petto a due mani, abbracciando pure loro, in qualche maniera, l'abbraccio dei figli. Masello sentiva ancora intra al naso il profumo di resina e di oliva, di quando si metteva faccia in tronco contro all'albero e ci vedeva ogni striatura di legno, ci vedeva i vermetti e le file di formiche, che pareva di guardarlo al microscopio. E quella volta che ormai ce l'avevano fatta, teneva alla sua sinistra una ragazzina, al via s'erano stirati lunghi lunghi lungo il tronco, Masello toccò la mano di lei, medio contro medio. Lei lo guardò e si soffiò in faccia per scostarsi un ciuffo che le cadeva lungo il volto. Erano rimasti incontro all'albero per minuti interi a fargli da corona a quel tronco, che pareva non volessero più lasciarlo andare. Masello non s'era mai impegnato ad appiattirsi al marcantonio, ma quella volta se l'era abbracciato stretto stretto per riuscire a toccare la mano della ragazzina e c'aveva pure dato una leccata al legno, teneva il sapore di sandalo, alcune scagliette gli s'erano impuntate in lingua e gli avevano fatto infezione: quel contatto corpo a corpo contro al tronco, mano a mano, lo fece muovere intra a una maniera che mai s'era trovato, pantaloni contr'al legno, su e giù intra a un andirivieni che si faceva più svelto; ci sentì il grandimpero ergersi a Cesare contro all'ulivo, lo sentì intra ai pantaloni che stringeva e strusciava contro al legno, velocissimamente gli venne da muoversi, le anche ingroppate contro al marcantonio, gli salì in gola un grido, felice.

«Io che sono vecchia l'aggio viste le cose, la fame putra salire dritta dritta dalle acque e farsi spazio fino alla terra paludata. E la sapete una cosa, giovinotto? Pure allora ci stava la macchia bianca intra a mare, pure allora ci dicevano ch'erano meduse e non ci stava più pesce intra alle reti. E io a dire, senza essere ascoltata, che quella era sventura, che quella era malasorte. Poi passarono i giorni e finì la carne ché i pulcinelli s'ammalavano e morivano prima di diventare galletti e le vacche s'impazzivano e s'inquartavano da sole al suolo con la lingua all'infuori e sull'uva ci stava la malattia e gli ulivi s'erano fatti rachitelli rachitelli, senza chioma e senza olive, coi rami secchi e tirati all'ingiù. La gente incominciò a morire di fame. Chi invece il cibo ce l'aveva, moriva di dissenteria e colera e vaiolo. E quando s'arrivò a quel pun-

to, solo allora, cominciarono a dire, Aveva ragione la vecchi'Amanda, peccato mortale fu non darle ascolto, aveva ragione, ma ormai era troppo tardi, troppo tardi per salvarsi.»

Mentre parlava la vecchiarella abbassò la capo e già tutta curva com'era, col mento ci toccava il petticello rinsecchito, un punto di domanda s'era fatta, curva curva avvoltolata: non pareva importante se lui l'ascoltasse o non l'ascoltasse, la vecchiarella seguiva da sola il suo discorso e faceva domanda e al contempo risposta in tutt'uno, una paroletta l'Amanda di ora e una paroletta l'Amanda di allora, parevano due persone intra a una, ticchete e tacchete si scambiavano una con l'altra la vocetta, e ci rimestavano intra a ricordi di gioventù, ricordi antichi, parevano gli stessi ricordi che poteva averci un marcantonio ulivo centenaro, parevano piuttosto delle favole che la vecchiarella s'inventava per farci la culla, ma ci doveva tenere tanta assai d'immaginazione e di fantasia per raccontarli con così tanta verità.

«S'approdarono, ti dico, da conquistatori

C'alzarono bandiera bianca solo per abbonirci

Farci fessi

E ci riuscirono pure

A farci fessi con le loro grida "Italia, Italia"

Pareva la terra promessa

Non c'era forse venuto il dubbio quando frammisto a quelle parole, Italia e Italia, ci gridarono pure Troia e Troia?

Italia Italia

Troia Troia

Italia Troia

Troia Italia

Ci insultavano intra all'esultanza, ci dissero che cosa volevano appena arrivati

Troia e troia c'urlavano

Aivoglia ad andare dagli ommini, dai nostri ommini di paese, a gridarci accorrete accorrete che ci sta lo straniero, accorrete che ci gridarono troia

Quei nostri ommini di paese, contadini erano, mica potevano competere

E come potevano farci la guerra contro a questi barbuti
Nerboruti
Bruti?
Tutti fasciati intra a quelle corazze, intra a quegli elmi piumati e splendenti
Ci fecero vedere le ammaccature di guerra, il loro piumaggio bruciato
Le ferite che c'avevano di lancia e di spada, sul petto
E che petto, muscoloso pure
Sulle braccia
E che braccia, forti come la roccia pure
Sulle gambe
Purosangue erano, che cosa c'avrebbero potuto fare i nostri ommini contadini, con la pala, la vanga e la ramazza, cosa ci potevano fare se non quello che poi hanno fatto? C'hanno detto, Venite venite, fate come se foste a casa vostra, accomodatevi.
Gente ospitale siamo sempre stati, verità per verità
E quelli c'hanno fatto come a casa loro
Ci scesero dalle loro navi con doni
Ci dissero che volevano fare un sacrificio ai loro Dei, che c'avrebbero fatto il ringraziamento e poi se ne sarebbero andati veloci veloci senza fiatare
Scannarono un capretto
Ci domandarono un poco di basilico
Petrosino
Un pochetto di cannella
Cannella sopra uno scanno di capretto e pepe nero
E l'accio
C'addumarono una focarella
Un falò
Pareva c'incendiassero una città
Là sopra c'arrostirono il capretto
Che sacrificio ci fecero ai loro Dei, a mangiarsi quel capretto!
Lo scarnificarono fino all'osso
Ma non la tenevano l'apparenza di bruti

Mica ci puntarono le spade sotto al collo, mica ci obbligarono a rimanere: ci chiesero soltanto, Volete favorire?

E favoriamo

Molte tra di noi non erano ancora impalmate, manco spiumate, altre tenevano marito o erano in aria di poterlo prendere

Ci fecero babbe con le loro belle storie di battaglia

Tutti eroi alti e fumanti erano

Ci dissero che Troia l'avevano difesa a dovere

Troiani! Eccoli a voi i troiani! Questi solo un pensiero tengono a mente, non lo capite? Ci vogliono la femmina italica da inzuffare, femmina d'Italia e troia, i troiani

La guerra l'avevano vinta loro in verità

Poi i nemici ci fecero un regalo, per tenerseli buoni, ci regalarono un cavallo

Il capretto

E s'erano accucciati d'intra alla pancia del cavallo e la notte se n'erano usciti con le spade in pugno e ci fecero la guerra dal di dentro, li fecero fessi, c'incendiarono la città

Puzza di bruciato sto capretto ci dicevo io, ma vi sembra mai possibile che una cavalla gravida ci potesse figliare degli ommini soldatari e che ci nacquero tutti intra alla stessa notte, già buoni per combattere, possibile mai che ci credete a st'impostori?

Ma quelle se ne stavano tutte babbe con i barluccichii intra agli occhi a contemplarsi quei loro eroi di guerra, così diversi dagli ommini contadinozzi di quassotta

Se li guardavano in contemplazione con la bocca azzuccherata, ci facevano sognanti le moine, ci dicevano Fatti i fatti tuoi sventurata

S'imbriacarono

Se li allisciavano da donne esperte pure che ancora ci dovevano mettere le penne

Ci infilarono la mano sotto alle corazze e alle tunichette

E che ci dovevano fare questi ommini di guerra, che avevano vagato intra ai mari senza sosta, che se l'erano scordato il profumo di femmina? Fecero quello che c'era da fare

S'accomodarono
Si servirono
S'infrattarono
S'inzuffarono
Non ci fecero mica tanti complimenti
Compiacenti o spiacenti, s'arraffarono prima le più belle
Le già sbocciate
Le sfiorate
Poi tutte le altre
A schiaffoni se le pigliavano
Aivoglia a strillare agli ommini nostri contadinozzi, accorrete a difendervele le vostre mogli e figlie e madri
Accorrete accorrete che ci stanno facendo sfregio, a noi e a voi pure
Macché
S'accucciarono dietro ai massi
Fecero finta di non vedere
Addirittura ci fecero il riso, pure che gli bruciava il culo
Prego servitevi, servitevene ancora
Perfetti padroni di casa
Quelli non ci dovettero manco sguainare le spade
Ci bastava qualche schiaffo, qualche randellata
M'avevano lasciata per ultima i soldatoni come a terminare il pasto, come a tenersi per ultimo il boccone più buono o l'olio di ricino per digerire
S'erano portati in quattro in cinque a circondarmi, mi ci dovettero tenere in due che ero una furia, due m'aprivano l'anche come una cozza, un terzo m'aveva legato le braccia dietro alla schiena, e poi il capo
Era un bell'ommo il capo
il capo s'era avvicinato
Ci strillavo lasciatemi lasciatemi vermi figli di troia, vigliacchinfami infamoni, ci castimavo agli Dei loro e ai miei pure
Tenetela ferma
Una femmina ci tiene tra le cosce più forza d'un ommo, grazia e forza in tutt'uno, ci forzavo i ginocchi a tenerli vicini, uno incollato

all'altro, ma erano troppo forti i due guerrieri, troppo forti

Il capo stava sbracato, nudo, con la corazza gettata sulla rena: mi guardava con un sorriso sghembo

Era pronto già a tuffarsi con il suo grandimpero di troiano intra alla reggia mia, vigliacchinfame

Non teneva fretta e anzi sembrò che ci cambiasse idea, che non ci tenesse più tanta voglia, ci tenne intra agli occhi un tentennamento, un tremolio timorato, che lo fermò intra allo slancio

Intra allo slancio addove tutto il mondo ruota, alla reggia bene in vista, si fermò a distanza

Che è? Tieni paura? Ti fa schifo la vera femmina?

Maledetta me che non m'azzitto mai!

Con un salto si parò paro paro in fronte mia, col pendaglio bene in tiro

Mi ci costrinse ad aprire la bocca

Intra ci cacciò il grandimpero

Cominciò a stantuffare a perdifiato, mi ci toccava l'ugola che quasi vomitavo

Un vaporetto s'era fatto

Provavo a gridarci aiuto e aiuto, ma a chi gridavo io?

Le femminelle le sentivo da lontano, nessuna che ci dicesse lasciatela andare, non fatele male per carità, tutt'altro, pareva che l'incoraggiassero all'eroe che ci chiedessero vendetta da parte loro, per averle coscienziate

Statti ferma dicevano

Non fiatare

Non ce lo vedrai mai più un masculo così da vicino

E che masculo

Un re

Svergognata mi sentivo, violata intra all'anima, rabbiosa di tanta rabbia

Il morso mi ci venne improvviso

Ci strinsi i denti con tutta la forza che tenevo

Mi ci sentivo le vene gonfie

Il cuore pompava

Strappai

Con sterzata di capo, strappai

Quel grandimpero di troiano, roccioso, di pietra non ci fece granché resistenza tra dente e dente, tra morso e morso, come coda di salamandra continuò a muoversi, a darci un minimo d'animo, a tenerci ancora un poco l'illusione di vita

Si staccò di netto dal resto di ommo

Era ancora ommo, quello?

L'urlo e il pianto dell'eroe lo sentì appena

Il mare ci cambiò colore da blu a rosso a grigio a nero, a scolorare del tutto

Ricordo i calci

Perché non usarono la spada per essere certi d'avermi ucciso? Quell'urlo e quel pianto erano urlo e pianto di vendetta e il mezzo ommo, o il non più ommo, o quel ricordo di ommo, cominciò a stracciare parole

A morte, a morte tutte quante

Calci e pugni

Pugni e calci intra alla faccia e intra alle reni

Restai ferma e immobile, come condizione naturale di morte, ma viva, cosciente, con i pensieri che seguitavano quanto avveniva dal vero

Enea, il capo castro, stava tutto ranunculato, rannicchiato lì vicino a piangersi per il dolore, per la perdita del grandimpero, della sua Troia, sconfitta a sconfitta, ne sentivo il lamento accanto e poi un grande strazio di morte e di morti, le donne passate da parte a parte da colpo di lancia, trapassate in vita per morte, uccise dalla rabbia dei soldati, le uccisero tutte a una a una e ciascuna gridava, Maledetta te, maledetta, maledetta e maledetta ancora, Per un pompino ci fai martiri o ci gridava Pigliatevi lei sola che noi quello che volevate ve l'abbiamo dato, ma quelli non ci sentivano più, s'erano fatti bestie, s'abbeverarono col sangue, scarnificarono pure gli ommini contadinozzi che arrivarono in soccorso

Troppo tardi vigliacchi, troppo tardi!

Di trecentotrentadue tra ommini e donne non ci lasciarono nessuno

in vita, manco me giacché mi credevano morta e poi se ne andarono per mare nuovamente, lasciando le cime a sbatacchiare orfane intra all'acqua.

Che pace a quel momento

Che pace.»

S'interruppe l'Amanda, fino ad allora non s'era mai fermata dal parlare e il suo parlare aveva fatto sparire Pazze e i gatti e la notte e pure lei era scomparsa intra alla vista di Masello, ci volle quel silenzio improvviso per farci ricomparire davanti agli occhi l'albeggio di giornata, la morìa di pesci, a sentire l'onda e il riflusso sulla rena e i miagolii. Disse ancora una cosa l'Amanda, disse:

«Pure quella volta ci stava il biancheggio di acqua, meduse o non meduse l'acqua s'era fatta chiara come latte di vacca e il cielo era scurocielo da cuccuvasce, puntuale c'era stata la sventura, pure allora c'arrivò dal mare la malasorte.»

Così dicendo l'Amanda ci raccolse un coperchio di latta che stava poggiato per terra e cominciò a percuoterlo a tamburello intra a un cupo tremolio che s'accompagnava alle percosse di nocche,

tum

tum

tum tum tum

tum

tum

tum tum tum

cominciò a farci tali e tante movenze tarantellanti che pareva pizzicata da una serpe,

tum

tum

tum tum tum

s'alzava, s'inginocchiava, saltellava cantarellante a ritmo della musica, ci faceva versi e smorfie, Sciò sciò sorte noscia, ahi ahi solo guai, Masello pensò che con tutto quel nominare macarie, biancheggio di mare, malasorte, con tutto quel ragionare di maleficio, alla fine la vecchiarella c'avrebbe attirata da sé la sventura, c'avrebbe fatto da para-

fulmine a tutte le sfortune e tutte quelle parole, macarie, biancheggio di mare, malasorte, avrebbero cessato d'essere suoni e ci sarebbero diventate vere vere reali come pietre, significante e significato assieme. Quella sensazione divenne via via più forte, a mano a mano che ci sentiva il fiato mozzo della vecchiarella, se la guardava all'Amanda intra a quella pazzia che l'aveva pigliata, con gli occhi rivoltati e bianchi e il corpo secchicello, le mani che agguantavano aria, la bava di bocca che colava fino al collo, facendosi rigagnolo tra le rughe: Masello c'intuì intra a quel ballo, intra a quel movimento, una liberazione, una grande gioia ma al contempo ci lesse pure una altrettanto grande sperdutezza, una lacerazione dolorosa che lo fece avvicinare alla vecchiarella con cautela, senza toccarla, con tenerezza, ci disse, «Non v'affaticate, Amanda, non v'affaticate» — i gatti tutt'intorno parevano ubriacarsi a quel ritmo, cominciavano a camminarci sulle gambe di dietro o sulle gambe davanti, a farci i funambolismi, o camminavano in obliquo come in certi balli di lassotta; un pesce si rigettò in acqua; un gambero decise per una volta di camminare in avanti. Masello la pigliò per un braccio per calmarla, gli mise una mano sotto al gomito e con l'altra le prese la mano, fu allora, dopo quel contatto, che l'Amanda ritornò da dov'era, le ci volle pelle a pelle per tornare viva, ci scantò tanto di occhi, fari al paro del faro che ci lampeggiava intra a mare e, intra un terribile tremore, s'accartocciò esausta. Masello ci sorresse la vecchiarella, se la sistemò sulle ginocchia, con la capo appoggiata al suo petto, che non si ferisse in quel sonno che l'aveva pigliata: c'ebbe l'impressione di tenere tra le braccia un bambinello, che bisognasse cullarla e farci fare i ruttini, l'immaginava col pollice a succhiotto, mentre ci cantava la ninna nanna. La vecchiarella dormiva pesante, con un ronfo mentre inspirava e con profondissimo fischio a ogni espirazione, profondissimo e prolungato, come se ogni volta c'emergesse dagli abissi con sforzo estremo. A guardarla, però, dormiva serafica ed esausta, senza patemi, il volto s'era fatto rilassato che pure le rughe parevano scomparire e intra alla fantasia di Masello regrediva per davvero la vecchiarella, ritornava alla muccusella che fu, quand'ancora gli ulivi centenari erano arbustelli e si piegavano al vento e anzi,

lo sciacquettio sulla riva, quell'andirivieni maroso, acqua e acqua, ci cullava quella creatura e se l'accompagnava intra a un sonno lontano: quel mare tranquillo si faceva utero e grande madre. I gatti dall'essere tutti sparpagliati lungo lungo la costa, s'erano invece ammucchiati torno torno alla spiaggetta, quasi che ci facessero una corona a Masello e alla vecchiarella, e non s'avvicinavano ai due, anzi si mantenevano a tale distanza da quel centro che solo guardandoli dall'esterno, a dire dalle loro spalle, s'aveva la cognizione di quel circolo — là in mezzo appariva una scena di dura pietà, due statue di sale, impetrate, con la donna distesa, abbandonata al sonno cupo, il braccio a pendere, e quel suo figlio, perché quello appariva, quel suo figlio a sorreggerla, quel suo figlio piangente madre che se la tratteneva a sé e la rassicurava e che pure ci faceva trasparire lo strazio intra agli occhi senza versarne lacrima. Masello alzò lo sguardo e vide sopra alla scogliera un ommo che s'era affacciato sopra alla rena e chiamava, Amanda Amanda, con voce ferma ma con un'increspatura alla fine di lettera, un'incrinatura di respiro che tradiva preoccupazione, Amanda e Amanda, con la luce di spalle Masello ne indovinava solo la sagoma, grande la figura pure a distanza, le gambe che ci facevano un arco, intra a quella posizione sopra al monte pietroso pareva figura di sognatore che scrutava l'orizzonte, Amanda e Amanda, continuava a gridare e solo dopo, scorgendoli dall'alto intra a quella posizione di morte che poteva apparire, gli uscì un urlo strozzato intra all'ugola, Amanda!, ci squarciò quella calma mattutina che s'era creata — decine di gabbiani si alzarono in volo dall'Isola di Pazze, nobili e liberi fecero ampie volute, sparirono all'orizzonte e tornarono indietro, pigliandosi tutto il mare intra a quell'abbraccio d'ali, salirono in alto senza muovere un muscolo e a piombo si gettarono intra all'acqua, col becco teso a pigliarci qualche pescicello, riemergendo poco dopo senz'altro in bocca che acqua salata, invischiati intra alla marea di meduse. La fame li faceva scarni, voraci, a più riprese si rituffavano scendendo più che potevano, confidando nella profondità per catturare un saraghetto che non li avrebbe mai saziati, litigavano con spavento d'ali e stridio di versi, s'azzuffavano e si ferivano arrossando col sangue il biancheggio dell'acqua, rosi

e affamati. Intra a cerchi concentrici arrivarono sopra alla spiaggetta, sopra alle distese di pesce marcio e ci volteggiarono come sopra ai cumuli di monnezza; si gettavano sopra a quelle capomozze di ope e di cernie a ondate successive, arraffavano un pesce morto e lo scarnificavano, incuranti dei gatti che li guardavano planare raso raso alla rena, ci restavano più del dovuto a terra, s'ingozzavano, affamati da giorni, quasi senza respiro, infogati dal riempirsi il becco, la necessità li faceva arditi, ci perdevano il senso del tempo e del pericolo; i gatti s'acquattavano da predatori, senza far rumore e prim'ancora che gli uccelli aprissero l'ali per ripigliare il volo, s'avventavano sopra a quei mucchietti di penne e di piume e ci facevano l'imboscata, intra a un imbroglio d'artigli e di becchi che lasciava da una parte e dall'altra, vivi e morti — il vecchiarello, doveva tenere pure lui l'età degli ulivi centenari, pigliò il sentiero fino alla plaia, continuava a chiamare, Amanda e Amanda, quella sua vecchiarella addormentata che s'era fatta d'un colore pallido pallido, smorto. I gatti s'aprivano a onda lasciandolo passare. Sguardo contro sguardo ci fu per un secondo tra Masello e il vecchiarello, occhi chiari, fieri, sopra un intarsio di faccia che pareva scolpita a pietra. Se la raccolse tra le braccia l'Amanda sua che non si credeva tutta quella forza intra a un vecchiarello, l'Amanda c'aprì gli occhi. Il vecchiarello disse semplice: «Andiamo a casa.»

Masello si sentì svuotato d'intra a quel gesto ed empito allo stesso tempo d'una sensazione calorosa e totalizzante che poteva essere scambiata, o addirittura essere, ammore per lei e ammore per lui, ammore per l'essere ommo tra gli ommini, per quell'appartenere all'ommo in toto. S'allontanarono a passettini lenti, con l'Amanda che restava abbracciata a quell'ommo e lo seguiva fedele. Quei racconti di mille e mille anni prima, presenti e familiari al contempo, quand'anche rivestiti d'invenzioni, a Masello gli rimandavano la sensazione d'essere partecipe d'una stessa storia, d'uno stesso destino, intra a quella terra di confine che non era giappiù una sola linea, ma era una terra intera che difendeva e accoglieva e combatteva e capitolava, terra nostra, terra della fine delle terre. Gli pareva d'essere un tutt'uno con quelle genti di prima e con le genti di ora, genti di lassotta che tenevano intra

agli occhi lo stesso orizzonte, tenevano intra al naso gli stessi profumi e intra alle orecchie lo stesso mare; genti d'altrove che si portavano appresso la tremula dei secoli di tutte le genti inquiete che cercavano requie lassotta; genti raminghe, che vagavano senza meta intra a luoghi e tempi; genti a cartapesta che le storie gli s'appiccicavano addosso foglio a foglio a macerare, frammenti e parole che divenivano intra a un colpo solo, passato e storia e veste e carne e cuore, s'appoltigliavano intra a un miscatiglio, e immantinente originavano nuove storie e nuove vite che s'artigliavano dritte dritte intra alle carni, a sensazione; genti che arrivavano e partivano per nostalgia della nostalgia, in cerca dell'assenza, della mancanza, per farsi apparire più bello quel loro sud del Sud, gent'indifese affogate intra a quella vita loro che gli arrivava addosso come una mareggiata.

Masello se ne stette così, ad abbracciarsi quel mare che tanto gli affrescava ommini e storie. Genti s'arrivavano ancora dal paese e si coprivano le bocche e i nasi con la mano, un po' per la sorpresa e un po' per il disgusto, Mamma che puzza ci dicevano, Che raccapriccio, unite ormai intra a un solo intento, di preservare dal disordine quel loro mondo, che è condizione naturale verso cui ogni mondo tende. Tenevano le torce accese quasi a volerci dare una chiarità maggiore a quello che vedevano, a quei monti improvvisati di capo mozzate e lische, a quell'ordalia di gatti che li aveva svegliati e guidati fin lì. Ora, ripigliatosi ognuno dallo scalpore, s'erano organizzate diverse squadre di pulizia: gli ommini avevano pigliato pale e secchielli, che parevano volerci fare castelli di sabbia, le donne portavano carrettini e carriole. Venne chiamato d'urgenza l'accalappiacani che poteva ben poco contro alla compagine di gatti. Sopra alla plaia comparvero anche un trattore e un camioncino e con l'uno si raccoglieva tutto quel mondo marino d'alghe e pesci che s'era ripigliato la terra, e con l'altro si faceva la spola da una spiaggia accanto, trasportando sabbia pulita e fina. Una sventagliata di tramontana rizzò ondicelle ondicelle la pianata del mare, ondicelle improvvise nate dal nullo che dal largo del mare s'infrangevano contro all'Isola di Pazze e proseguivano la corsa, smorzate. Era l'intera vita di un'onda, esuberante all'inizio e via via più

costretta e difficoltosa e intra a tutto questo l'Isola di Pazze ci faceva da spartiacque, tra il prima e il dopo, rendeva per l'onde quel senso indefinito di vecchiezza, accompagnandole fino all'estrema terra, fino a morire ai piedi di qualcuno sulla riva. A un dato momento poi s'era creato un silenzio che non era, in assoluto, silenzio, ma un sottofondo di rumori sottosoglia — ommini di lontano, sirene di guardie e di navi, ormeggi contro all'acqua: a tratti i rumori si svaporavano come pigliati da insonnolamento, s'acquietavano tutti assieme e lì — che a quel punto il silenzio doveva essere proprio silenziosilenzio — si faceva maestro d'orchestra il mare, s'aumentava e s'amplificava, andata e ritorno d'onda contro onda, d'onda contro costa, come a un'enorme eco d'una enorme voce, il rumore di mare s'impennava intra all'aria e si faceva prepotente e immane. Poi si chetava nuovamente e riemergevano rumori e suoni. L'isola era lì sempre, partecipe e assente, immota ed eterna a guardarsi le vicende di lassotta, d'ommini e d'onde, ispirazione e tormento dei tre vecchiarazza che da sempre s'accapigliavano sopra a quel nome, d'Isola di Pazze, che nessuno si ricordava che nome era e da dove veniva e perché e percome. Non era mai prestabilito un ordine preciso tra i tre vecchiarazza su chi dovesse parlare, ma succedeva spesso che quando Luigi Za finiva il suo racconto pescespadaro, intervenisse di rimando Melo Memmi, che applaudisse e battesse le mani con forza, applaudisse per dirla, non a complimento ma a scherno.

«E bravo, bravo il nostro Luigi Za che bella storia che ci avete raccontata. Che bella fantasia che c'avete, dovevate fare lo scrittore. Voi avete dato il nome all'isola per uno spadone impazzito. E dove stanno le prove? I documenti, ce ne sono?»

«Che documenti? E che mi mettevo a fargli firmare le carte allo spadone? Gli dovevo chiedere l'autografo?»

«Non fate finta di non capire, amico mio: chessò, una fotuzza con la faccia immortalata dello spadone e della spadessa, un articolo di giornale, con tutto quel successo che ci fu! Ci sarà un pezzo di carta che faccia da verità certa anziché verità inventata.»

«Ah quello dicevate? E me lo dovevate dire prima! E come no, certo che ce l'ho, ce l'ho, ce l'ho.»

E allora Luigi sollevava la maglietta a mostrare una ferita a livello del cuore, una cicatrice a forma di mezzaluna.

«Che ne dite di questo, Melo Memmi, la cicatrice di spadone, vi basta?»

Certamente a Melo Memmi quello non bastava, giacché ci sarebbe stato da fare tutta una discussione sulla dimostrazione della dimostrazione, che quella ferita fosse ferita di spadone e non, per esempio, di caduta o d'accidente. Senz'altro rimandare, perciò, Melo Memmi si metteva assittato in pizzo alla sedia come se ci stesse scomodo, senza poggiarsi allo schienale, con le mani poggiate sopra a un bastone da passeggio, apprestandosi a contare la propria verità certissima e vera su quel nome ch'era Isola di Pazze e nessuno si ricordava che nome era e perché e percome. S'aveva l'impressione che non stesse a proprio agio a parlare davanti agli altri: forse era quella sua aria flemmatica e calma, cauta, quella parlata sottovoce che annacquava ogni acuto, quasi che il racconto di guerra che aveva da dire avesse la necessità d'essere smussato, di non essere acclamato in pompa magna da un esercito di vincitori, ma d'essere reso palese dalla Storia, ogni espressione, con quella voce, perdeva la patina di durezza o di candore che aveva, un andirivieni di mare cheto che pigliava autorità e sicurezza a ogni parola, come l'acqua che sa: prima o poi erode da qualche parte, da qualche parte passa. Da dove gli derivasse quell'autorità, quella capacità d'attrarre ogni respiro, ogni attenzione, ogni più piccolo suono, era inspiegabile per chi semplicemente l'osservasse, quel vecchiarazza timido e trasparente, invisibile allo sguardo, con una vocetta flebile che pareva gli stringessero la gola con tutt'e due le mani e la pelle a cartavelina che lasciava emergere sui palmi una mappa ingarbugliata di venature e macchie e creste e avvallamenti. Eppure, a conoscere quest'ommo studioso, s'aveva subito l'idea della sua finissima intelligenza, del suo immenso sapere, della sua conoscenza, intesa come capacità di creare relazioni e coerenti contatti tra materie diverse, intra a un grande affresco di citazioni ed erudizioni ch'erano le storie che raccontava. Intra al suo racconto per esempio, poteva partire dalla descrizione d'un certo fiore che gli era capitato di scorgere per caso una mattina.

«Ci sta un fiore che cresce ripa ripa al bordo di mare, s'accresce sopra alla sabbiuzza fina fina o sopra agli scogli, con tenacia s'accresce, nonostante la salsedine, nonostante il caldo e la poca acqua, tiene un orgoglio che è pari pari all'orgoglio che anima le genti di quassotta: quel fiore scientificamente si chiama Aegialophila pumila, ma noi tutti lo conosciamo come Fiordaliso di creta, a intendere il materiale, con quel colore marroncino della creta che non rende merito al bel violetto di quel fiore, avrebbe potuto chiamarsi fiordaliso a cartapesta, ma la cartapesta con l'acqua marina s'ammoscia, s'infracidisce, s'ammuffa intra a un grumo di nulla, lo intendiamo manco fosse opera di scultore, opera di dio, una benedizione d'artista: per come l'intendo io invece quel nome sta a intendere il luogo e non la materia, fiordaliso di Creta, a intendere l'Isola di Creta. Il fiordaliso di Creta cresce solo lì e sulla nostra Isola di Pazze, in nessun altro posto intra a tutta Europa, per quella comunanza di popoli e di destini che lega isola a isola, da poter ipotizzare che il seme di quel fiore c'arrivò clandestino nascosto intra alla cambusa d'una nave cretese e che solo per puro caso, intra a una movimentazione d'ommini e materiali, sia finito a crescere sulle nostre sponde. Ora, quello che io metto a fantasia, l'origine cretese di questo fiore, sarebbe plausibile se solo s'ascoltassero le parole di Erodoto sulle origini dei nostri antenati, del popolo dei messapi. Intra al suo settimo libro di "Storie" racconta d'una tempesta che colse i cretesi di sorpresa durante un viaggio di ritorno dalla Sicilia. Le navi s'affondarono vicine alle nostre coste. Non potendo più tornare alle loro case, i cretesi cambiarono nome, divennero messapi e si stabilirono qui intra alle nostre terre, creando diverse città. I messapi erano domatori di cavalli, allevatori, contadinozzi, gente semplice per dirla, gente che poco sapeva dell'arte della guerra e delle battaglie. I loro confinanti erano gli spartani Tarantini, ingolfati tra la terra brulla d'appennino e quella delle murge. Avevano ragione a dire, Che paura mai dovremmo avere di quattro contadini? Perché non dovremmo pigliarci noi le loro terre? Pensavano che bastasse bruciare il terreno torno torno perché quelli se ne andassero, pensavano di vincere la battaglia senza faticare, senza ferire. I tarantini dichiararono guerra ai messapi,

alleandosi coi calabri reggini e gli spartani, forti d'un invincibile esercito, poderosi intra alle loro armature luccicanti, con le spade arrotate nove nove, i gagliardetti e la loro guerra di cui erano maestri. Se ne calarono dritti dritti dal Golfo, gaglioffi, con la sicurtà degli invincibili, Lasciateci passare, lasciateci passare — distrussero la citta di Cabiria per cominciare e poi proseguirono oltre. Ah errore, che errore che fecero! Puah! Venitevela a prendere la terra nostra, infamoni, venite a prendervela. I nostr'avi si fecero armati e cavalieri, ventimila ozantini, idruntini, dauni, peucezi ci fecero alleanza quattrocentosettantatré anni prima di… Si scagliarono contr'alla falange tarantina come delle furie, a strappare a morsi ogni stozzo di terra occupato, a buttare sangue a once sopra alla terra rossa, che ancor di più s'arrossava. Ah! Falange! Falangetta di mignolino al confronto.»

Parlava, Melo Memmi, intra a un racconto liscio liscio senza sbavature, declamava altre date e numeri e luoghi e nomi di battaglia e portava a testimonio Erodoto per l'appunto, Tucidide, Quinto Ennio di Lecce, fonte attendibilissima per certo, e Virgilio, Pitagora, Aristotele e tutti gli illustrissimi di questa terra ch'erano tutti d'accordo con lui, snocciolava i nomi e i titoli dei libri come fossero lupini, in quel tal libro e in quel talaltro, con che sicurezza! Con che lucidità! Viaggiava intra alla Storia e intra alla Letteratura e intra alle Scienze, intra all'Astronomia, moderno Pico della Mirandola, su e giù per i secoli come se gli appartenessero, zompava sopra a massi, restava in equilibrio e rizompava sopra ad altri, se li passava e se li ripassava con grande piacere, Annibale, Carlo Magno, Cesare, la gloria, la Storia come punti discreti di vittorie epiche, la storia dei vincitori. Chi l'ascoltava, ed era un piacere ascoltarlo, a un certo punto si domandava se non si fosse perso intra a quel suo labirinto di trattati ed eventi e nomi che venivano vomitati a flusso continuo, senza che una sola volta c'avesse pronunciato il nome d'Isola di Pazze, s'arrivava a dubitare della sua verità, proprio per quel suo tergiversare intra alla storia, quel suo prendere tempo intra al Tempo, nell'ascoltarlo si perdeva ogni speranza, e forse ogni interesse, a conoscere la sua verità certissima e vera su quel nome, d'Isola di Pazze, che nessuno si ricordava che nome era e da dove veniva e perché e per come.

Poi, però, a sorpresa Melo Memmi diceva:

«Si chiamò Pazze ché derivò da pace, e la pace fu grandiosa come grandiosa fu la guerra, eh che guerra dovette esserci quassotta, se ancora se ne parla e se ne tiene il segno intra a quello scoglio: la guerra fu guerra, cruenta e tremendissima. C'uccisero tremila reggini e molti di più furono i morti di Taranto, stremati, vigliacchi e depressi da tanta battaglia. La Storia signori, è così: di guerra in guerra, è una scia di sangue attaccata al culo: chi è che vince alla fine? Dopo quella sconfitta, i tarantini si riorganizzarono: ciascuno di loro teneva parenti da vendicare, padri, madri, fratelli, figli, non ce n'era uno che non avesse sognato d'uccidere un messapico: fortificarono dov'erano stati battuti la prima volta, intensificarono la fanteria e i lanceri, riarrotarono le spade, rinforzarono gli scudi, ricalcolarono le strategie di guerra con una potenza che faceva invidia alla stessa Sparta. E poi si fecero furbi. Furbissimi. Attaccarono i messapi intra a punti diversi del loro impero, a Gallipoli, a Oria, a Rudiae, a Muro, a Ozan che è per l'appunto terra nostra, con un attacco simultaneo che c'avrebbe schiantato ogni altro esercito. Alcune truppe vennero sistemate intra alle zone di Manduria e Sava, altre si portarono fino all'entroterra, intra alle campagne di Nardò, Copertino, Leverano. Le navi vennero inviate verso il mare di Sibari per aggirare gli avamposti messapici sopra allo Ionio, ci fecero il giro largo, verso il mare di Tricase e rientrando verso Torre Vado, Specchia e le Pescoluse. Le battaglie furono faticose e laceranti. Le armature e i pennacchi impolverati si confondevano sopra ai campi e nessuno sapeva più se di fronte avesse amico oppure nemico tant'erano diventati uguali, assaliti e assalitori. I guerrieri erano sfibrati, spaventati, gli scudi ammaccati, le tuniche strappate. I messapi riuscirono a resistere intra a un sommovimento d'orgoglio, fiaccati intra alle difese, stanchi di tanta battaglia. Intra a una giornata col cielo basso, così basso che ogni rumore, ogni odore pareva raggrumato sotto di esso, il comandante messapico ci fece un discorso ai tarantini, ci disse: veniamo da anni di guerre, la nostra terra s'è fatta arida, le nostre donne non sono fertili, i nostri ommini sono stanchi e vecchi, i nostri figli moriranno di quest'odio che ci portiamo appresso. Lo stesso si

direbbe di voi, tarantini, amici, cugini. Perché mai i nostri due popoli non potrebbero vivere in pace, è questa la novità, perché invece d'ammazzarci e continuare a combattere non viviamo ciascuno a modo proprio com'era per i popoli antichi ch'erano rispettosi e fratelli? Un patto, una pace, che non ci sia più odio tra noi. Mo' c'arrivate? Pace. Pazze. Mo' ancora ci state in dubbio? Quella pace la fecero giusto sopra a quel nostro scoglio che da allora, da sempre, tiene questo nome, d'Isola di Pazze. C'andarono sopra all'isola i tarantini e dicevano veniamo in pace, siamo in pace, pace a te fratello, pace con tutto il bene di questo mare nostro, pace messapicocretesesalentino, pace. Traditori! Sopra all'isolotto c'andarono con le parole di pace e i fatti di guerra. C'uccisero subito il comandante messapico, lo trafissero da parte a parte, lo sgozzarono e lo decapitarono. La testa venne piantata sopra una lancia al grido pace, pace. C'accesero fuochi ch'erano segnali e intra a un rimando di vedette, orde di tarantini si riversarono intra a quelle terre e uccisero e fecero prigionieri e depredarono e rubarono tutto ciò che si poteva rubare e ci derisero, Voi e la vostra isoletta della pace, che bella fine c'avete fatta, che bella fine, pace e pazze e i vecchi lo ripetevano ai giovani, Non vi fidate di chi v'accetta pace, che in realtà c'aspetta guerra, pace e pazze. L'Isola di Pazze non dovrebbe esistere, non dovrebbe starci intra alla storia, non ci dovrebbe stare perché è nome di sconfitti, figlia di umiliazione, d'ingenuità e d'inganno. Eppure c'è. Se tanto ne parliamo, se ancora la nominiamo, vuol dire che a modo suo s'è fatta vincitrice, s'è resa eroica. L'avete capito mo' da dove deriva quel nome, d'Isola di Pazze?»

A quel punto Melo Memmi si alzava in piedi, aiutandosi col bastone, e iniziava a passeggiare, come a dire: eccovela servita allora la verità certissima e vera su quel nome, d'Isola di Pazze. Non era forse questo quello che volevate?

«Tutta qua?» domandava Fedo Sanapo.

«Eccolo di nuovo: come sarebbe, Tutto qua? Cos'è che non vi piace?»

«Piacere, mi piace. È una bella storia», diceva Fedo Sanapo massaggiandosi il mento, «Secondo voi, l'Isola di Pazze tiene il nome d'Isola di Pazze per questo motivo: isola è isola, su questo posso darti ragione

dacché quello scoglione lo conosciamo da quando siamo nati, certamente si può chiamare isola e come la giri giri sempre acqua ci trovi attorno; Pazze invece si chiamò Pazze ché qualcuno s'inciampò sopra alla parola pace e cadi oggi e cadi domani, alla fine s'ammuinò in una parola tutta nuova, che è pazze per l'appunto.»

«Benissimo», diceva Melo Memmi.

«È che proprio non capisco perché non la fecero a terra, sta famosa pace: dovettero andarsi a scegliere proprio l'isola che conosciamo, pizzuta e scomoda, con l'onde che la schiaffeggiavano d'ogni lato, i marosi che la coprono per intero a più riprese come in certe giornate d'inverno che quasi l'isola non si vede, che pure i tarantini rischiavano d'ammazzarsi. E poi: con quante, dieci... cento barche? Potevano scegliersi posto migliore, dico io.»

«Quante volte ve lo devo dire: non ha senso fare sta domanda. Potevano o non potevano? Magari potevano e non l'hanno fatto, magari invece non potevano. Noi dobbiamo dirci solo quello che fecero non quello che avrebbero potuto fare.»

«Sarebbe stato meglio farla a terra sta pace!»

«E a terra la fecero, infatti!»

«Come sarebbe?»

«Quell'isola non era affatto isola a quei tempi antichi, era tutta terra, prima che il mare s'avanzasse torno torno.»

«Ti pareva! Quello che prima era terra mo' è mare e quella che mo' è isola, prima non era isola. Per avere ragione, c'allarghi e ci restringi il mare manco fosse un mantice. La vostra verità è lurida e puzza di fogna.»

«Ignorante e testardo, ecco cosa siete.»

«La verità? Questa sarebbe la verità?»

«Ne avete una migliore?»

«Sissignore, ve la racconto subito la verità di quel nome, ma a differenza vostra che per la vostra ideona di battaglia v'affidate a quello che avete letto sopra un libro, scritto da un altro come voi che l'aveva letto sopra un altro libro senza che uno solo fosse testimone reale di quello che ci fu, a differenza vostra io conoscevo l'autore di chi ci det-

te il nome d'Isola di Pazze, verità certissima e vera pertanto, e non per sentito dire, come a voi succede. La differenza sta tutta qui: voi parlate d'un fatto lontanissimo, che nessuno può dire che è falso ma nessuno può dire che è vero, mentr'io vi porto il fatto nudo e crudo così come me lo raccontò Ninetto Cazzamendule, che fu lui testimone in primissima persona quando ci dettero quel nome d'Isola di Pazze, e poi vi faccio vedere le prove. Tenete qualcosa da aggiungere? No? Allora statemi a sentire.»

Quelle discussioni si ripetevano sempre diverse e sempre uguali, le parole si pittavano a tinte variegate e restituivano storie che s'ingrossavano o si limavano a fantasia. Quando i tre vecchiarazza si preparavano a parlare, s'aveva un rapidissimo passaparola che in breve attraversava tutto il paese. Masello era solito ritirare i pupi cartapestati intra alla bottega. Poi andava a sedersi sopra a un muricciolo che costeggiava la fontana. Mentre ascoltava, faceva una gran moltitudine di scarabocchi tirando linee per il lungo o per il traverso sopra a foglietti rilegati intra a una sovraccoperta a cartapesta, abbozzava a poche linee i lineamenti di quelle bellissime facce vecchie, disegnava le loro storie, quasi prendesse lui pure parte, profondamente, a quei racconti. Non era il solo che si avvicinava. S'arrivava sempre un folto pubblico ad ascoltare i tre vecchiarazza e la loro teatrata. S'arrivavano i pescatori, prima d'andarsene per mare e i marinai quando ritornavano a terra. A partire dal millenovecentonovantuno s'avvicinarono anche alcuni naufraghi, a gruppi — il Liri d'Albania arrivò a Brindisi il venticinque febbraio, tremila stipati intra a un catino, donne ommini e bambini in fuga sopra a una bagnarola arrugginita, tremila che traboccavano d'ogni lato dal ponte della nave, il mercantile Liri, libertà in albanese, arrivò per primo intra al porto di Brindisi, poi ne arrivarono altri, a Otranto a Leuca a Torre San Giovanni, gli ottanta chilometri tra Punta Palascìa di Otranto e i monti di Llogarà cancellati con gommoni malridotti… quando ci stava il cielo pulito e terso affacciati sopra ai costoni del Tacco si vedevano le montagne albanesi, si vedevano i cannoni e i fucili puntati da costa a costa, confine contro confine, pelle contro pelle, a proteggere e accarezzare, cannoni puntati da par-

te a parte, che il guardiano del faro d'un lato osservava col binocolo e urlava — Sparano! E quello dell'altro lato che osservava col binocolo e urlava — Sparano! Intra alla stessa lingua, che di qua e di là s'era sempre stati intra a destini comuni eppure diversi, eppure contrastanti, eppure uguali, ce ne furono tanti di sbarchi, genti stritolate intra alla propria storia, genti impaurite e disperse tra le onde, ché col loro viaggio c'intrecciarono la loro morte, alla vita di chi li trovò — s'avvicinarono anche alcuni naufraghi, dunque, e raccontarono le stesse storie dei tre vecchiarazza, ma nella loro lingua. Veniva la vecchi'Amanda più vecchia assai dei tre vecchiarazza. Venivano gli altri vecchi del paese che al confronto dei tre vecchiarazza erano dei giovincelli. Venivano i giovani, i bambini, i neonati e le donne gravide. Dalle campagne, i contadini, venivano. Pareva che tutt'insieme avessero affidato ai vecchiarazza quelle storie e ora fossero felici di sentirsele raccontare, ancora una volta, intra a una condivisione di memoria e di vita e d'identità. Veniva un naso, eccome se veniva, e solo dopo veniva il resto della faccia di don Polonio. Venivano: più ce n'era di gente e più ne arrivavano, non era necessario un appuntamento, ci facevano capannello intorno a questi contastorie, con grande discrezione, abbastanza vicini da poter ascoltare e abbastanza lontani da non fargli oppressione — succedeva che, quand'uno dei vecchiarazza finiva di parlare, applaudissero con sopra il volto una felicità nuova, una nuova febbre, intra a quello ch'era un immenso spettacolo che si ripeteva da sempre. Masello sentiva intra alle orecchie il rumore sordo dei crani frantumarsi contro al terreno, corpi disossati dalla furia e dalle carogne, sentiva l'odore di sangue e i suoni dei corni, sentiva il fiato mortifero, vedeva intra a quella battaglia dei primi eserciti la genesi di quegli stessi ommini e di quelle donne che continuavano a eliminare cumuli e cumuli di pesci e di alghe, con l'isola stancamente in ammollo, arenata da secoli intra allo stesso punto, con i gatti che s'erano dispersi, col gatto Fulvo che invece continuava a starsene acciambellato sopra a una montagnetta di pesci, con il vecchiarello, la vecchi'Amanda e quell'idea di malasorte a cui non credeva. Riprese la salita sulle rocce, seguendo per costa il percorso che la Mariabbondanza ci faceva per

mare, salì sopra a certi massi levigati che parevano portati di recente lì a riva e facevano contrasto con gli scogli lì attorno, s'arrampicò fino a una piccola grotta a picco sul mare, saltò intra a nascoste spianate di sabbia piene di scorze di riccio e di conchiglie frantumate, rimase in bilico sul frontone di roccia con un piede a penzolo nel vuoto, camminava, insomma, sempre con un occhio alla barcuzza e alla donna, camminava di qua e guardava di là quando d'improvviso il piede s'arrivoltò intra a un modo che non era il suo naturale. Il dolore lo sentì nitidamente. Sbatté il ginocchio contro lo scoglio, contro all'impasto di roccia e conchiglia, gruma di terra e gruma di mare uniti da millenni a sopravvivere al sole, all'acqua, all'aria, al vento che intra a quel punto si faceva impazzito e spirava d'ogni lato, vorticando oceano e deserto, Masello solo per miracolo non finì di sotto a sfracellarsi — qualche volta aveva immaginato d'essere affetto da una qualche rara malattia, non così grave da farlo interrare ma abbastanza interessante da far scervellare i dottorucoli, una bella pustola fosforescente e insignificante giusto sopra al petto, che li costringesse ad allertare tutta la popolazione per la possibilità di un contagio imminente e s'andassero a osservarla mentre cangiava di colore a chiedersi, Chissà qual batterio o qual microbo, e durante la notte, con cielo scuro, buio e più buio, si vedeva niente, vedessero la sua pustola fosforescente pulsare come un faro intra alla notte, condurli intra a quel nero e più nero e arrivassero alla fine ad ammirarlo per quella sua fortuna d'avere una lucina portatile per proprio e altrui uso, a invidiarlo per quell'unicità di malattia che non era più malattia, ma oggetto d'ammirazione e bramassero certo per averne uno anche loro e corressero ad abbracciarlo o a toccarlo come si fa con i gobbi, sperando d'essere untori di se stessi, uscire in qualche modo da quella normalità troppo normale, dalla consapevolezza che l'uno o l'altro o l'altro era solo questione di sfumature — la storta al piede era un nonnulla, eppure sentì le gambe ammollarsi, farsi flosce. S'appoggiò al costone per prendere aria, respirò a più riprese pigliando tutto l'ossigeno che poteva. Per un certo tempo non si poteva dire che fosse sveglio, giacché non s'accorse di quanto dura fosse la sabbia quando ci si cade a peso morto ma dall'al-

tra parte non si poteva dire neppure che fosse svenuto, con un buio totale tutt'intorno che cancella coscienza e storie: no, piuttosto pareva che stesse sognando e in particolare stesse sognando a occhi aperti, stesse sognando se stesso mentre continuava a salire sul costone, seguire con lo sguardo la Mariabbondanza, salire fin sopra e una volta lì, iniziare ad agitare le braccia. Ehi Mariabbondanza, ehi. Quella a sua volta gli cennava con la mano e rispondeva, e lui a lei a sua volta ed era tutta una danza simile ai segnali dei marinai da nave a nave, tutto quel gran maremagno che s'asserragliava all'occhio, con le montagne della Sila che stavano sospese sopra alla linea d'orizzonte e l'Isola di Pazze che s'appariva a guscio di noce alla deriva, in tutto e per tutto simile alla noce che il vecchiarazza Fedo Sanapo tirava fuori dal taschino quando iniziava a raccontare la storia di Ninetto Cazzamendule e del nome d'Isola di Pazze che nessuno si ricordava che nome era e da dove veniva e perché e percome. Quand'è che toccava a lui, Fedo Sanapo, con grande fatica, s'alzava in piedi e pigliava a ravanare intra alle posce dei pantaloni come a cercarci una serpe. La mano tastava e andava fino al cavallo e poi tornava su, e girava, e usciva fuori e rientrava. Poi cominciava con l'altra mano a ravanare intra all'altra poscia a scavare a fondo, ad andare sopra e sotto e a destra e a sinistra e non si capiva bene che ci stesse a fare con tutto quell'impastrugnamento di mano che sembrava pure dargli piacere. Poi si fermava e respirava affannato per la fatica fatta, e sorrideva ché finalmente aveva trovato quello che cercava. Dalla tasca tirava fuori una noce, una di quelle noci che per difetto di nascita tiene tre spigoli sul guscio anziché due e la faceva vedere agli altri due vecchiarazza, girandola e rigirandola, tenendola appinzata tra i polpastrelli. Non principiava a parlare subito, rimaneva sospeso per qualche secondo smorfiando intra a una sequenza di tic involontari che gli restringevano dapprima l'occhio mancino, miope, nascosto dietro cinque centimetri di lenti e una montatura tenuta insieme da un paio di mollette da bucato, poi gli stortavano il muso verso destra e infine gli facevano tremolare le labbra che l'apparivano a mo' di pesce. Da lì cominciava a raccontare la storia di Ninetto Cazzamendule e dell'Isola di Pazze che nessuno si ricordava

che nome era e da dove veniva e perché e percome. Melo Memmi e Luigi Za se ne rimanevano in attesa che il loro amico iniziasse a parlare.

«Che successe?»

«S'è l'è scordata di nuovo.»

«Ma se l'ha contata migliaia di volte.»

«E se l'è scordata.»

«Meglio così. Tutte fantasie.»

«Te lo ricordi pure tu Ninetto, no?»

«Certo che me lo ricordo, Ninetto 'nteso Cazzamendule, corto corto e con la capo tanta che ci schiacciava noci, mendule e nocelle, sissignore che me lo ricordo, una capo enorme rispetto al resto. Ma proprio per questo dico: la sua non può essere verità. Quello era matto già quand'era giovane! Figurarsi a ottanta e passa di anni quando l'abbiamo conosciuto noi.»

«Non ti sembra un po' pallido? Fedo, stai bene?»

Fedo Sanapo, dopo aver virato intra ai vari coloriti dell'arcobaleno fino allo ceruleo e dopo aver calmierato gli spasmi che lo sfiguravano, faceva un gran respiro che si concludeva con un fischio sottile sottile che gli sfiatava la faccia smagrendolo e incavandogli le guance nel di dentro. Iniziava infine a raccontare la sua storia.

«Era il ventinove settembre millenovecentoventinove, che ancora me lo ricordo quand'è che andrai a trovare Ninetto Cazzamendule, ottantenne e malato. Se ne stava disteso a sagoma di scheletro intra al suo letto, con indosso una camiciona che gli arrivava fino al ginocchio, lordata di sangue e di merda incrostati entrambi da mesi di malattia. Intra alla penombra s'appariva un tutt'uno con il letto e scompariva intra alla stanza, solo la capo, la testa grandissima che teneva, d'un pallido fluorescente che emergeva d'intra allo scuro, solo la capo era evidente subitissimo e gli occhi rivoltati al soffitto a cercarci un poco di sollievo. Con la voce che s'era fatta un soffio sottile sottile che quasi non lo sentivi mi fece avvicinare al letto. Ehi ragazzo! Ehi! Pigliami una noce. Sul tavolaccio v'era un cestino di vimini con frutta marcita e noci e un uovo, un vaso vuoto in ceramica bianca e fiori rossi, in bilico sul bordo — il tavolaccio era molto simile a quello dipinto intra

a un quadro lì appeso, con l'uva polposa che s'allungava sopra a una pala di fichi d'India, a mele, a frutta seccata, simile a tal punto che si poteva immaginare il pittore alle prese coi suoi colori proprio intra a quella stessa stanza, quand'ancora i frutti erano intatti e non anneriti dall'aria: ma da nessuna parte intra al quadro v'era l'odore che era lì dentro, di marcescenza, di cancrena, odore puzzolente, dolciastro di sangue e zucchero e frutta troppo matura. Gli misi la noce intra alla mano. Quello, prima se l'allisciò tra i polpastrelli, quasi che ci esprimesse un desiderio, se l'accarezzò lungo il bordo, poi la strinse intra al pugno, e con tutta la forza che poté, che non si poteva dire intra a quella faccia smunta, smunto corpo, filettuccio di braccio, a palmo aperto la ruppe contro alla fronte, un gran rumore d'osso contro osso, di frattura, un crepitare duro e nodoso, un tonfo come d'un melone contro al suolo. Penzolò il braccio lungo il bordo del letto, frammenti di guscio caddero sopra al pavimento o restarono appiccicati tra le pieghe della fronte. Faceva così solo per essere sicuro d'essere ancora vivo. Fu allora che mi raccontò tutto. Ninetto Cazzamendule teneva una sorella, Linda, che quand'era lui undicenne lei teneva sei anni. Era una mattina del milleottocentosessanta, ch'era tutto capisotto per via d'una fiera di paese, per le strade s'aveva uno sfrigolamento d'ommini e animali che s'appressavano per ogni direzione e la gente comprava e vendeva, contrattava, castimava, ricomprava e rivendeva, tutta una gran baraonda che faceva presagire grandi divertimenti e facce nuove e nuova gente e s'assommava un circo che lì vicino aveva piantato il tendone e s'assommava il mercatino dei robivecchi. Ninetto e Linda c'avevano avuto il permesso d'andare insieme a fare un giro per la fiera. A Ninetto, la Linda gli piaceva: teneva un buon profumo intra ai bei capelli neri, di vaniglia — una volta l'aveva sorpresa a spazzolarli intra a una lunga carezza, lei bambina, con la capo chinata di lato, come aveva visto fare alle zie più grandi, già donne. La fiera era una fiera d'animali, ogni anno s'arrivavano l'allevatori d'ogni paese della Terra d'Otranto e se ne andavano lassotta alla marina ozantina, tra l'estremo del Capo di Leuca e le mura gallipoline con vacche, tori, ciucci, cavalli, papere, pecore, oche, galline, scrofe e porci, conigli, cani, gatti

al seguito. Il paese era un grande letamaio, un'immensa cloaca con enormi montagnole di cacate ogni due passi ed era possibile riconoscere dalla quantità, consistenza e odore del cumuletto che si rischiava di calpestare, il culo a cui apparteneva — pallette d'ogni dimensione miste a fili d'erba e fieno segnavano il sentiero di piccoli greggi, nerastre biglie d'asino sostavano vicino a certi cumuli più aggraziati di cavallo, grossi mosconi dagli occhi rossi e dalle ali trasparenti volavano a sciami sopra lo sterco di vacca essiccato al sole, ommini vestiti con lunghi grembiali e stivali fino al polpaccio spalavano le strade e caricavano i carri di tutto quel concime naturale, oro, manna dal cielo — forse la manna era nient'altro che altra merda da usare a concime — i carri erano trainati da muli che tra le code sbatacchianti rilasciavano a ogni passo il loro obolo alla terra, gli ommini avevano un bel daffare a evitare che questi ciucci mangiassero i loro stessi escrementi, attaccavano al morso delle grosse sacche di fieno, portarli all'ingrasso piuttosto, dal produttore al consumatore, e ingolfandoli ancor di più se ne ricavava un'evacuazione maggiore, e maggior puzzo, maggior lavoro e ancora maggior concime — tutto sommato non era un gran posto per due bambinetti. Intra a questo inguacchio, vagolando a caso i due, presi per mano, tra l'una e l'altra bancarella tra l'uno e l'altro rumoreggiare, rapiti da ogni novità che incontrarono, comprarono sementi e noccioline da sgranocchiare; si fermarono a giocare vicino alle gabbie degli uccelli, una sopra all'altra ci formavano un castello cinguettante. Un pappagallo mezzo spiumacciato dal colore slavato, un bluette d'acquarello appena appena visibile, se ne stava tutto il tempo sopra il trespolo senza alcuna intenzione d'abbandonarsi a svolazzate contro alle sbarre già troppe volte incocciate di testa. La Linda ci faceva su e giù con l'indice tra le fessure della gabbia.

"Pappagallino, Lindaaa, ripeti, pappagallinda..."

Il pappagallo ispirato da tanto movimento e da tanta voce, voce di bambina così simile al verso d'un canarino, o d'un'upupa o chissacché, riscosso dal proprio insonnolamento ci fece un frullio d'ali ch'era un rombo, in mezzo a vortici di piume e penne che piombarono alla base della gabbietta, col becco arcuato a mo' d'uncino s'avventò contr'al

dito della piccola, beccandolo con grande energia. La bambina d'istinto tirò indietro la mano. Gridò. Il proprietario, un tipo taciturno, col muso intra a un grugno d'arrabbiatura permanente, fece un segno di disapprovazione.

"Via da lì, voi due."

Ninetto fece due passi. La Linda n'approfittò: all'impensata tirò il chiavistello e aprì la gabbia. Il pappagallo volò via.

"Ehi voi! Chiudete quella maledetta gabbia!"

"Forza, dammi la mano…"

Si misero a correre, girarono a destra, poi a sinistra, poi nuovamente a destra, nessuno più li seguiva ma correvano e ridevano e iniziarono a giocare e a spingersi e la Linda provò a sputargli inzaccherandosi il vestitino. Ninetto le mise la mano sulle spalle, le scompigliò i capelli. Andarono in cerca di una bancarella di dolciumi. Il puzzo di letame si faceva meno pungente man mano che s'avvicinavano al mare e si inframmezzava al profumo dello iodio e delle alghe. Saltabeccarono da un posto all'altro seguendo la fiumana che si sparigliava come rivo d'acqua alla foce; si fermarono davanti a un teatrino dei pupi ch'era appostato intra a un grande spiazzo dove una moltitudine di ommini si stava attrezzando per il mercato ed era tutto uno schiaccia, passa, tira, piglia e salta, taglia, corri, mena, Ricci ci vole ricci, ricci dell'isola, Venghino signori venghino… che in questa terra lucente e benedetta si narrerà la storia del delfino d'Otranto e della mezzaluna saracena, di turpi guerrieri ed eroi valorosi, venghino signori venghino… del prode Ippazio e della bella donna Lea, di Buovo d'Antona, Pulicane e d'Orlando, venghino signori venghino… un soldo o due, voi due per esempio, l'avete mai visti i pupi parlare? E allora coraggio, venghino signori venghino… il puparo si trovava in piedi sopra a un carrozzone: un normale carretto con grandi ruote di legno, che aveva tutta un'impalcatura a fungere da teatrino, in cima un'insegna con una scritta pittata di rosso, I pupi d'Otranto, il piccolo palcoscenico con le tende verdone ai lati, sullo sfondo ulivi e trulli pittati e un pezzo di mare. I capelli rossastri gli s'affumicavano sommo al capo e s'univano, sopra alle guance, con barba e baffi riccioluti e rossi, la faccia era

imporporata dal negroamaro, sulla mano c'era una voglia rossignola che gli copriva l'avambraccio: s'appariva intra a tutto quel rosso come a una grand'incendio e caricava le parole d'una grandezza nuova, leggendaria, rendendole allo stesso tempo ridicole e inaspettate per via di quella vocetta gaglioffa e scassata che teneva, di quella scordatura in falsetto che non ce la si aspettava da tant'omone, grandissimo, altissimo, imponente. Ninetto e la Linda s'avvicinarono. Arrivarono altri bambini, da soli o accompagnati da adulti e gli uni e gli altri pigliarono posto sopra a delle seggioline di legno ch'erano state disposte davanti al carrozzone. Ninetto pigliò la Linda da sotto le ascelle e la issò sopra a una sedia — le si sollevò il vestitino, scoprendo la pancia, le mutandine con fiorellini ricamati, le cosce, un leggero puzzo di piscio. La capo dell'ommo scomparve: cessò la musichetta. Dal lato destro del teatrino entrò in scena un pupo: la faccia del paladino aveva un baffuzzo alla francese, gli occhi fissi, senz'espressione, stringeva una spada di cartone e faceva su e giù con il braccio, con movenze affettate, rigido intra alle placche d'ottone. La vocina dell'ommo si modulava e si modificava d'incanto, intra a una grande variazione di toni e colori, più roca, più spessa ma con la stessa inflessione, lo stesso accento, siculo messinese così simile ai dialetti di lassotta.

"L'altra notte me 'nsunnavo che a Otranto c'arrivarono li turchi. Anno millequattrocentottanta di Nostro Signore. Mammaaaa, mammaaaa, mammà li turchi, gridav'io, che sono il prode Ippazio, cavaliere e spadaccino difensore delle terre di quassotta, mammà li turchi, e c'avevano occhi famelici e grande rabbia, arrivarono fin sotto al castello. Eroi, difendiamo le nostre donne da quei bruti che tirano di lancia e di bastone, colla scimitarra contr'a donne e alli bambini nelle terre nostre di quassotta…"

Pareva voce di ventriloquo prestata al legnetto del pupo, i pupi che entravano in scena vi restavano pochi minuti, combattevano e s'accasciavano coi fili tagliati, intra a una montagnetta di morti che si faceva man mano più alta — nelle intenzioni del puparo c'era di farci morire a uno a uno tutti i martiri d'Otranto, era arrivato a centotrenta e già la scena era tutta occupata, restava solo uno spazietto libero per i vivi.

I bambini ululavano a ogni scontro e pareva parteggiassero più per i turchi che per gli eroucoli salentini che non sapevano fare altro che morire. Tra un intermezzo e l'altro, a dire tra un combattimento e l'altro ci faceva la comparsa la pupa Madama Lea, la quale offriva a ogni martire parole di speranza e di futuro, offerte di matrimonio e di letto purché il guerriero non avesse paura di combattere — quegli smidollati, pupazzi intra alle mani di quella diavolessa, con intra alla testa quelle immagini di verità prospettate, si lanciavano con coraggio e incoscienza contro alle spade nemiche e morivano contenti non per l'onor di patria ma per le belle gambe d'una pupa — come dargli torto? La Madama Lea ancheggiava soave, adornata di strali e lustrini, una larga gonna con la carta increspata, due trecce di lana bruna sulle spalle, pomelli rossi sulle guance, gli occhi blu, una bambolina d'incanto, una dea: faceva venire la voglia e il rimpianto di non essere pupi siciliani. Morì anche la Madama Lea, s'avvelenò alla notizia della morte del pupo Ippazio, per mano d'un maramaldo saraceno, si afflosciò esanime intra al suo vestitino. Applausi al puparo. La Linda batteva le mani incantata, si guardava quella bambolina distesa ch'era più bella di qualsiasi bambolina avesse mai posseduto. Si avvicinò quasi volesse accarezzarla, se la mangiava con gli occhi, già la sognava tra i suoi giochi. Poi il puparo uscì, ringraziò e chinò leggermente la testa sull'immenso petto, grazie grazie e grazie ancora, con un braccio raccolse decine di pupi in una volta sola, grazie ancora, grazie, grazie, e nel mentre accompagnava con quella tiritera cantilenante la dispersione del pubblico, fissava intra agli occhi la Linda e con la mano libera, una mano enorme, pelosa, agguantò la Madama Lea per la vita e quella cascò dai due lati esanime, i fili penzolanti, la testa ruotata all'indietro, le gambe che s'appallottolavano attorno al perno, la pigliò e la gettò intra a un bauletto ai piedi del carro, imbrogliata intra a tanti fili. Poi si voltò a guardare la reazione della Linda.

"Andiamo via", disse la Linda a Ninetto.

Intra a quello spiazzo v'era un gran rincorrersi di ommini e parole e tra le varie voci ch'erano in movimento, una o più d'una erano facili a distinguersi rispetto alle altre e convogliavano più lontano, nei pressi

d'un antico menhir su cui capeggiava una piccola croce, e tali voci per l'appunto s'avviticchiavano intra a un crescendo, ora da una parte ora dall'altra quasi che in tempi discordi e autonomamente ciascun'ommo realizzasse la novità di quell'assembramento e partecipandovi lui pure con la propria voce n'aumentava la portata. Inframmezzato a tutto questo, ritmato e terribile, s'aveva un gran baccano di tamburacci che tremolavano rami e intinnamboli e che incitavano all'urlo e più quelli aumentavano di frequenza e più gli altri urlavano a pugni in cielo. Ninetto, rapito da tant'ardore, strinse la mano della sorella e s'intrufolò tra la folla, tra gomito e gomito e gambe e braccia e nocche indiavolate a battere sopra a pelli di capra, era come averci il terremoto intra alle capo, tant'era un crescendo di scosse e scossoni, che vibrava tutto fuori e dentro: arrivò al centro di quel mucchio. Qui, sette o otto tamburellisti avevano formato una rota, un cerchio, e intra a un ritmo veloce e impazzito, battevano i tamburi di taglio e di palmo. Al centro del cerchio v'erano due ommini: il primo, un brigante di Taurianova fuggito dalle terre calabre e da un centinaio di lupare puntate alla sua schiena, era conosciuto da tutti come il vecchi'Oreste, quarantacinque anni; il secondo era un ragazzetto alto e rozzo di vent'anni, un ignorante attaccabrighe di Specchia, che si chiamava Rosario. Si fronteggiavano al centro del cerchio intra al gioco della morra: ora, quel gioco era gioco maledetto, all'apparenza innocuo, uno in faccia all'altro a gettare numeri a caso con le dita e a indovinarne la somma, un passatempo senz'importanza, un giocherello, ma a ogni turno diventava gioco infernale, gioco carnario, si faceva tutto più rapido, ogni calcolo e ogni intuizione diventavano vitali, le scommesse tutt'intorno sommuovevano gli animi, intra a un passamano frenetico tra le varie fazioni, s'urlava a spaccagola, d'un lato e dall'altro, era gioco d'abilità, di prontezza, era gioco di calcolo, enorme, intra alla lotta, vita e morte. Ninetto si fece preso da quell'alternarsi di mani che scomparivano e ricomparivano all'attenzione e intra a questa sincronia ch'era tutta oliata manco fosse un balletto, un butta, somma, tre, grida, quattro ributta cinque e sei, risomma sette e otto, grida, senz'esitazione, preciso come un orologio, d'un tratto Ninetto vi trovò un inceppo quando Rosario,

il ragazzetto temerario e senza esperienza delle cose del mondo, fece un movimento rapidissimo di dito e, per assecondare la sua somma, mutò il due in tre, ch'era come a dire imbroglio, furfo, senz'onore. Lo sprovveduto era sì sprovveduto ma pure scaltro se è vero che tra tutti quelli ch'erano intorno, tamburellisti, ommini di famiglia e malacarne con sfrigolizzo intra alle mani, nessuno di loro si accorse del cambio. Nessuno, tranne Ninetto: s'era rimasto imbambolato da quel meccanismo tanto perfetto che il singolo movimento gli sembrò come una stonatura intra a un coro. Si voltò da una parte e dall'altra a cercare conferma, intra allo sguardo di qualcuno, di ciò che aveva visto. Poi disse piano, C'ha aggiunto un numero. Intra a quel gran baccano che v'era da una parte e dall'altra, d'intra al cerchio e fuori dal cerchio, col grido e il canto d'ognuno, quella frase buttata a caso tra le centinaia d'altre avrebbe potuto restare inascoltata e non modificare d'un niente quel gioco d'ommini e mani, quelle parole, tra le milioni di parole e pensieri che si stavano dicendo e pensando in quel momento, quelle poche avrebbero potuto benissimo non arrivare a nessun orecchio, rimanere aria, avrebbero potuto non essere comprese, catalogate o propagate in mezzo alla folla, avrebbero potuto scivolare inascoltate come gocce d'acqua intra al mare oceano e gli ommini avrebbero continuato a urlare e a lottare, una lotta di nervi e d'intuizione, destrezza, furbizia, intelligenza, in fin dei conti uno avrebbe vinto e uno perso, com'era nell'ordine delle cose, ma vittoria e sconfitta intra al gioco, non intra alla vita — come se le due cose si potessero separare: successe invece che il vecchi'Oreste, l'unico che non avrebbe potuto udirle perché concentrato intra al suo gioco e lontano da Ninetto, l'unico che non avrebbe dovuto udirle tant'era partecipe e immerso intra a quella bolla d'emozioni, esaltato da una vittoria quasi certa rispetto a quel moccosello ignorante, quell'unico l'udì: il vecchi'Oreste c'ebbe l'impressione d'un abbassamento di volume tutt'intorno, quasi che tutti fossero scomparsi e sentì fisicamente sopra alla pelle quelle parole limpide e dolorose come a una scossa, cercò mentalmente di capirle e di ragionarci sopra, di prendere tempo, ma le sue mani s'animarono di vita propria e mentre una continuava a gettare i numeri senza per-

dere il ritmo, tre, cinque, quattro, uno e tre, l'altra estrasse dal nulla un coltello col manico in madreperla e rapidissima, con antica memoria di gesto — un gesto bellissimo — staffilò l'aria, puntò al cuore, piantò il coltello intra al petto del giovinastro, tra costola e costola. Questi restò meravigliato, come a vederci una grande bellezza e non volerla guastare, si rivoltò al gioco, si sforzò al conto, ma ormai il tempo s'era perso intra a una grand'ondata di vento e di parole, sentì le carni aprirsi intra a uno squarcio, e poi sentì il freddo della terra e il tonfo: puntò gli occhi sopra a Ninetto e lì restarono, immobili e morti. Non si capì subito: erano tutti indaffarati a riscuotere la mano e a ridere. Poi s'ammutolirono, tutt'insieme a guardare al centro la pozza di sangue polverosa. Come pigliati da una vertigine si risvegliarono da quel loro imbambolamento di bambinoni troppo cresciuti, impauriti ed esaltati come squali, pigliarono a correre e a fuggire, a menare, brillarono altre lame sotto quel sole, l'aria s'era fatta gialla con quella luce di deserto che arrivava durante certe giornate d'autunno, cielo antico d'Africa, comparvero pistole dal nulla, qualcuno sparò, accanto a quel primo morto ce ne furono altri tre senzanome, più un quarto che invece il nome ce l'aveva ed era quel vecchi'Oreste da cui tutto aveva preso origine. Il carrozzone del puparo corse via a gran velocità, trainato da due cavalli. A Ninetto parve che uno dei pupetti siciliani — la Madama Lea? — si fosse sporto per guardarlo e gli occhi parevano sì, vivi, vivissimi, Ninetto c'avrebbe giurato che ci muoveva pure la mano, che gli mandasse una richiesta di aiuto, ma non sentiva voci, non sentiva nulla, solo quel ronzio intra alla capo simile a un intero alveare incastrato tra orecchio e orecchio, c'aveva l'impressione d'assistere agli avvenimenti quasi che non c'entrassero con lui, che fosse solo una grande recita d'un grande puparo che manovrava gli ommini facendoli accasciare intra al proprio dramma, solo gli s'affacciò un pensiero reale e terribile, isolato da tutti gli altri, duro. Dov'è la Linda?

Iniziarono ad accorrere i primi curiosi, da lontano si sentivano i cavalli della Guardia Nazionale al gran galoppo. Accorsero le guardie che già i rumori s'erano affievoliti e in centro erano rimasti solo i corpi dei morti. Gli fecero un po' di domande, ma l'unica cosa che Ninetto

continuava a ripetere era il nome di sua sorella. Pareva che facesse una grande fatica a parlare, che c'avesse tutta una confusione intra alla capo ch'era difficile andarsi a scegliere le giuste parole. Non fece cenno al vecchi'Oreste, alla morra, al puparo. Solo, Linda. Gli misero sopra alle spalle una coperta di lana, che con il caldo che c'era, ci faceva prurito. Ninetto la lasciò cadere per terra. Gli domandarono com'era sua sorella, di che colore teneva i capelli, com'era vestita. La chiamarono a voce alta, Linda! Linda! Linda! Nessuna risposta. La cercarono per quattro ore: poi intra a un campo lì affianco qualcuno notò qualcosa. Intra a un paesaggio d'ulivi centenari a perdita d'occhio, coi colori brillanti ch'erano difficili a mischiarsi, tanto più separati quanto più il sole era alto, intra a quella campagna ch'era tutto un frinire di cicale e cinguettare d'uccelli, regnava una dolorosa indifferenza agli avvenimenti di quella giornata. Solo un cane s'era fermato vicino a una pagliara, col muso chinato a terra, scodinzolando e abbaiando.

"Capo, guardi lì."

"Lì dove?"

"Lì sopra all'albero."

S'avvicinarono. Era un albero d'arance che già presentava i primi frutti. A un ramo non tanto alto un pupo siciliano stava impiccato tra i suoi stessi fili, con un nodo che gli faceva penzolare la testa di lato — a ben guardare s'appariva meglio a pupa, avendo essa delle trecce ai lati e una gonnella. Il vento lo faceva dondolare avanti e indietro come a scandirci quegli istanti intra alla memoria. A un ramo più alto sventolavano a mo' di banderuola a lutto, un paio di mutandine con fiorellini ricamati. Lì accanto, poggiato a un tronco d'un ulivo centenaro, il corpo della bambina, il volto macchiato di nero fuliggine, due ciocche ingrommate di sangue attaccate al viso, la pelle fredda e inerte, lividi ovunque.

"Maledizione", dissero.

"Voglio quell'ommo. Morto", disse uno.

Fu caccia all'ommo. I cristiani del paese e dei paesi vicini, intra a un passaparola d'odio e vendetta, setacciarono le campagne per settimane alla ricerca dell'ommo. Pure i briganti che intra a quelle terre aveva-

no fatto più morti d'una guerra, s'erano uniti alla ricerca ché non sopportavano chi se la pigliava coi purginelli. Poi una sera, ch'era la sera di Natale, intra a un falò che manco le focarelle di santo Giuseppe, venne trovato il carrozzone del puparo, tra fiamme e lapilli, coi pupetti che s'apparivano a dannati d'inferno — s'udivano quei loro lamenti e quelle loro storie farsi fumo e cenere e brace; accorsero tutti l'ommini e le donne del paese a indignarsi con una mano sulla bocca e a meravigliarsi per quella bellezza del fuoco, lì accanto i due cavalli giacevano, sparati. L'ommo era in piedi vicino a un albero e pareva che stesse aspettando le guardie: ma era morto. Stava difatti impiccato all'albero, con la capo reclinata di lato, incerato intra a una faccia cadaverica, una corda corta torno al collo, i piedi ben piantati a terra intra a una pantomima evidente d'un suicidio, un colpo di teatro, avvalorato da quelle ventitré coltellate al corpo e dalle mani mozze. Qualcuno s'incaricò di mettere il cadavere sopra un carro e di farci il giro del paese intra a un battimani che divenne via via più appassionato ed esaltante.

Ninetto dal giorno in cui morì la Linda non parlò più, caduto nullo, teneva intra all'occhi un'ombra cupa come la notte più notte, sperso intra a qualche luogo senza nome. Parenti di Ninetto decisero di mandarlo a curare intra all'Ospedaletto di Torre San Giovanni intra alle vicinanze del mare. In onore della nobile casata dei Prìncipi Dellamore, l'ospedaletto venne chiamato Ospedaletto Dellamore e quel nome, traversando l'aria di bocca in bocca, ben presto si gonfiò e si sgonfiò a palloncino, storpiandosi come forma e significanza intra a Ospedaletto dell'Amore, o anche Ospedaletto dell'Ammore, con la doppia emme ch'era un raddoppio di fantasie e d'immaginazione. Agli inizi tutti pensavano fosse un bordello! S'immaginavano infermierine esperte, si figuravano posizioni e corpi aggrovigliati, sfantasiavano su zinne e donne e muscoli e bellezze d'ogni parte. Un intoppico d'analfabeti s'era rivelato, con gran fiorire di doppi sensi e battutine intra a un viavai di viandanti, di persone incuriosite speranzose immaginarie d'ogni ceto. Alcuni s'appressavano solitari e scornosi intra a quel pellegrinaggio equivoco, camminavano con lo sguardo fisso alla punta delle scarpe e le mani sprofondate intra alle tasche, si rincan-

tucciavano intra alle spallucce, si facevano piccoli, curvi, omuncoletti senza spessore. Erano i timidi. La maggior parte di loro s'appariva a beccamorto o a corvaccio, scuri nei capelli e nelle occhiaie e poi pallidi, emaciati come smorti, spesso con la gobba e coi piedi piatti, intra a un vestito nero di lana frusta, con un cappellaccio floscio sopra la testa. Tenevano almeno una scarpa lorda di terra: camminavano infatti lungo il bordo della via, curvi e rapidi come gatti, con un piede sopra alla ghiaietta pulita e l'altro affondato intra alla terra fertile della campagna, terra spessa, terrona meridionale, gonfia di vita, un piede alla luce e l'altro all'ombra, si muovevano guardinghi pronti a nascondersi non appena si fossero sentiti puntati. Uscivano di casa, camminavano e tornavano indietro, ogni giorno un pezzo di strada in più. Solo quando la loro casa non era visibile e non si vedeva il paese e non si vedeva nulla di nulla, la paura d'essersi spinti troppo oltre li faceva proseguire più avanti ancora, s'assaporavano quel nuovo gusto di libertà e sparivano intra a quelle terre, venivano inghiottiti dall'altrove, da nuove case e da altra gente e da tutto quel mondo che s'erano persi, si dimenticavano dell'ospedaletto, si dimenticavano della casa, si dimenticavano del paese, persino di se stessi si dimenticavano e vagavano, sempre avanti, sempre avanti, sempre avanti intra a un brivido e una temerarietà ch'erano per loro fonte di sorpresa e d'infinito terrore. A volte i timidi s'imbattevano in combriccole vocianti e chiassose d'ommini euforici che s'avanzavano con la mano sulla patta e sbottavano in risate sguaiate. All'apparenza erano ommini senza pensieri, leggeri, coincidenti la propria vita con la propria persona, granitici intra alle certezze di ciascuno. Intra alla capo invece a ruotare senza sosta era un solo tipo di pensiero che si rimpallava da neurone a neurone, quand'anche non fosse stato un unico neurone votato a un solo tipo d'argomento, il fornicare, il pensiero tutto rivolto alle liceità e illiceità che avrebbero preso intra all'ospedaletto con tutte le donne ch'erano lì dentro, a centinaia si diceva. Quand'incontravano un timidaccio, si divertivano alle sue spalle: lo prendevano in mezzo a loro e gli raccontavano quel ch'era successo giusto la notte prima con quella ragazza, o con quell'altra, entravano nei minimi particolari, reali

o inventati, parlando, mimando, ampliando, gemendo, non facevano mancare nulla e il timidaccio, che proprio intra a quegli argomenti si rivelava per la sua natura di timido, avrebbe voluto sotterrarsi, teneva lo sguardo fisso su un punticino immaginario sopra al proprio ginocchio, e così, con la capo china, lasciava libero il collo agli scappellotti, ai coppini a mano aperta che regolarmente gli arrivavano, così guardava il ginocchio e quando gli arrivava un coppino sollevava la testa per coprire il collo, poi di nuovo guardava il ginocchio e poi sollevava la testa e faceva su e giù, ginocchio, coppino, coppino, ginocchio, un sìsì automatico, quelli gli domandavano se desiderava che la finissero e lui faceva sìsì, ginocchio, coppino, coppino, ginocchio, poi gli dicevano che quel suo pellegrinaggio all'ospedaletto l'avrebbero raccontato agli strilloni all'angolo delle strade, e il timidaccio guardava impaurito e faceva segno di no, no no non andatelo a raccontare, e avanti così con quelli che sghignazzavano e quello che roteava la testa intra a tutte le direzioni, ginocchio, coppino, destra, sinistra, nono, sìsì, che in quella maniera si sentiva girare tutto come un ubriaco, la sua faccia diventava d'un bordeaux acceso, mentre il collo, sotto la nuca, assumeva una colorazione bluette con riflessi d'ocra, un livido dal colore livido largo quant'era il collo. Quel gioco sarebbe continuato all'infinito se quegli ommini non c'avessero avuto un secondo fine intra a quel loro sollazzo, se non c'avessero avuto un obiettivo che non era solo il gusto dello sberleffo del sìsì o nono: pensavano a quel loro neurone intento al pensiero del fornicare e pertanto pensavano essi stessi al fornicare, pensavano a un do ut des col timidaccio facile da immaginare, un ricatto per dirla, in cambio del silenzio, bavosi, allupati, con quel piccolo omuncoletto timidello e scornoso, che pur di finirla con quel sìsìnono o col nonosìsì, a quel punto avrebbe fatto di tutto, compreso quello che gli chiedevano: ed era così, che davanti tutti, a turno, con quel poveretto, con lui si svogliavano.

Sopra alla via vecchia che da Ugento portava all'ospedaletto, una via fatta tutta curve curve che seguitava l'incrinatura di macchia e s'adagiava, tra distese di viti, ulivi e madreviti, fin d'intra al mare, talvolta si potevano anche incontrare donne — megli'ancora: mogli — per lo

più ad accompagnare i propri mariti: volevano capire se quelle ninfette che si diceva nell'ospedaletto, ninfette per bellezza e candore e arditezza, davvero possedessero il potere della guarigione, che magari posizionando quelle loro mani di fata sopra al centro mascolino dei propri mariti, in punta in punta, magari sarebbero state in grado di resuscitarlo da quel torpore a baccello vacante e morto in cui era caduto — erano ormai convinte che al di là di quella soluzione estrema dell'ospedaletto rimanesse soltanto la salita ginocchio ginocchio al promontorio di Leuca. La processione proseguiva intra a una serie di saliscendi che faceva la strada tra campagna e campagna con variazioni di prospettive che si creavano lungo il percorso, nascondendo e apparendo, intra a squarci insperati, il mare. L'Ospedaletto Dellamore si materializzava in alto, interrompendo il punto di fuga d'una collinetta, intra a un'esplosione di luce diretta, nitida, dolorosa che ne sfocava la fisionomia, ne confondeva i contorni. La nonsenseria di quel nome, d'Ospedaletto dell'Amore, con o senza la doppia emme, s'intuiva già al primo sguardo dato di straforo a quelle alte murate che lo circondavano, sovrastate da arabeschi di filo spinato e cocci di bottiglia conficcati a dente di sega, alcuni levigati dall'aria e dal tempo, altri acuminati come spine. Tutt'intorno v'erano terreni incendiati, qualche tronco carbonizzato e nero, spurchia e gramigna, sterpaglia ridotta in cenere. Quell'aria di castello antico s'acuiva man mano che ci s'incamminava lungo la salita, rendendone più evidenti crepe e diroccamenti, con l'edera a coprire i punti vacanti, a inerpicarsi fino in cima, tignosa — era evidente sopra a una piccola torretta al lato dell'edificio, un franamento, come un enorme morso che rovinava in basso un cumulo di pietre oramai ricoperte di muschio, un diroccamento avvenuto più di un secolo prima quando, intra alla giornata del febbraio millesettecentoquarantatré, col cielo plumbeo che virava al rosso mosto, s'alzò dapprima un fortissimo vento di scirocco che spiantò querce e ulivi centenari, poi un fortissimo terremoto squassò la terra ad aggiungere rovina a rovine, intra a uno sbriciolamento di lamie, intonaci e calcinacci, di case crollate manco fossero a cartapesta: era quello l'ultimo giorno di Carnevale, prima del giovedì grasso. A guardare l'edificio

diroccato e decrepito eppure imponente e grande (dovevate vederlo cos'era quell'edificio prima d'essere distrutto dalla guerra) s'aveva in generale la sensazione d'una vecchia gloria in declino, d'un vecchio gendarme medagliato e logoro, vivente solo del ricordo d'un tempo da eroe. Le ante dei finestroni cigolavano lungo i cardini mostrando e nascondendo l'oscurità dell'interno, le grate crepitanti e i soffioni a farsi trasportare verso terre più adatte da ingravidare. Il cancello, che per certo aveva avuto una sua lucentezza nel passato tant'era tornito e curato nei dettagli — scene di lotta tra angeli e diavoli ai quattr'angoli, con i primi sempre soccombenti intra alle grinfie dei secondi, lance puntute in alto a impedire scavalcamenti — teneva un'aria dismessa, incrostato di ruggini e degradazioni ed era sfasato intra alla chiusura che quasi non assolveva più alla sua funzione, di lasciare il resto del mondo fuori da quelle mura o viceversa di tenere imprigionato quel ch'era dentro. Intra a quella visione s'arrivavano i pellegrini che per tutta la via s'erano immaginati il di dentro di quel luogo, profumi, incensi, seni al vento e vino a fiumi, estasi da pascià e d'ogni altro godimento, arrivavano lì davanti, infilavano la testa tra le sbarre del cancello e spiavano. Volti se ne vedevano, volti di donne che sbirciavano oltre, pallidi come di vetro, spettrali, rimanevano a guardare per un tempo sospeso, con le palpebre immobili, la bocca leggermente aperta, gli occhi invetrati come bambole di porcellana, poi sparivano intra all'ombra dell'interno. Dall'altro lato del cancello, s'apriva un cortiletto che s'appariva a campo di patate, con l'erba alta, erba medica, malerba d'avena e forasacchi, tutto dava l'idea d'una decadenza non voluta ma acquisita, reale, sbagliata: a volte ommini uscivano dall'edificio tenendo premuto sul naso un fazzoletto di tela a ripararsi dall'appesto di aria malsana, s'avvicinavano al cancello e domandavano, Che volete? I pellegrini farfugliavano risposte confuse circa le fimmine che si diceva, ma poi le parole morivano e rimanevano intra alla gola nel vedere donne affacciarsi spiritate, coi capelli arruffati, sudatizzi, o strappati ciocche ciocche, con alcuni ciuffetti ancora stretti intra alle mani, nel vedere ommini camminare lungo il perimetro del muro, accovacciarsi e defecare merda liquida e tifica e ridere a occhi strizzati e

pazzi. Rimanevano ammammalucchiti a guardarsi uno con l'altro, increduli di quanto il vero fosse distante dall'immaginato, a gambe levate se ne tornavano ciascuno intra alla propria casa, ciascuno intra alla propria vita. Al ritorno a casa, a chi domandava loro com'era quell'ospedaletto e com'erano le donne a grappoli che si diceva, da farci un negroamaro succoso succoso, quelli rispondevano dicendo la verità, ch'era un luogo di pazzi, un inferno, un luogo di bassezze e dolore; quegli altri anziché pigliare il verso reale di quelle parole, ci prendevano il verso metaforico e l'intendevano per come era comodo loro intenderla, capivano cioè che l'ospedaletto era un luogo da uscire pazzi, un consolidamento intra a quelle menti già sognanti che li convinceva ancor di più a partire: e così, si sarebbero incamminati loro pure su quella viuzza, per arrivare infine a vedere di persona, manco fossero San Tommaso, quel luogo che si diceva, per poi tornare verso le proprie case allo stesso modo dei primi, a dire sì che è vero è un luogo di pazzi e non da pazzi, che pure una sola lettera fa la differenza. Il giorno in cui Ninetto venne accompagnato all'ospedaletto era un giorno di brutto sangue. Ninetto si sentiva la gola seccata, con la testa bollente da tant'emozioni e da tanto sconquasso, s'aggrappò al cancello. Gli si sgretolava intra alle mani lasciandogli la ruggine sotto alle unghie e sui palmi. Una ragazza uscì correndo dalla porta d'ingresso agitando le braccia in aria. Dall'interno sentì un ommo gridare, Virginia torna dentro! Poteva tenere diciotto, vent'anni, fina fina, ammantata d'una camiciona che cadeva lungo i fianchi, i capezzoli che s'immaginavano alla tela. Ninetto vedeva tutto sfocato e sdoppiato, bolliva di febbre, s'aggrappò al cancello per non cadere. La ragazza s'avvicinò. Ella teneva finiture di donna sotto un volto di fanciulla, gambe muscolose a malapena coperte da quel biancore di telo, un appesantimento curve curve che l'allontanavano da quella fanciullezza ch'era stata fino a poco tempo prima, intra a un'ideale di prosperità e fertilità, ell'era una donna che faceva soggezione a starle vicino, era un'ode, ma poi a guardarla intra agli occhi con attenzione, come a cercarci le venuzze oculari, tutta quella poesia si sdilapidava, fluiva via da lei come fosse un imbroglio, lasciava il passo all'astio, a un pazzia animalesca, di feli-

no imprigionato intra al fusticello di corpo, l'ella personalino di donna si confondeva con l'essa animalesco di iena, ell'essa dava l'idea d'una instabilità umorale vertiginosa, dove intra a un momento v'era miele d'acacia e frutti di bosco e innocenza e ingenuità, e il momento appresso v'era inferno e orrore e paura, quasi fosse invischiata intra a uno sciroppo. Iniziò a tossire, si piegò in due, tenendosi la pancia e incespicando intra ai propri stessi piedi, piedi scalzi, i capelli riccioluti intra a fasci cresposi, inchiomati come la quercia dei cento cavalieri di Tricase. Sapeva un odore di malattia, di vomito, di assenza.

"Tu tieni odore di morte", disse essa con voce cavernosa, cava. Poi iniziò a urlare. Ninetto sentì quell'urlo entrargli intra alla testa come un'eco che s'ammortizzava al tempo, a poco a poco scivolò intra a una nebbia spessa come di latte che l'avvolgeva tutt'intorno, una nebbia luminosa che via via andò rabbuiandosi, un'oscurità silenziosa che durò diversi giorni.»

«Mentre Ninetto mi contava la storia, pareva svanirsi intra al respiro», disse Fedo Sanapo, «e non era il dolore della malattia che se lo stava portando a fargli fatica, era invece un dolore antico, un dolore che aveva memoria e s'accalcava proprio sopra allo stomaco, un dolore sordo e profondo che se n'era stato sepolto per anni senza trovare uscita e premeva, e premeva, lento premeva, come lava di vulcano che cerca strada tra le camere del monte, se ne stava così Ninetto che faticava a respirare, fece un respiro grosso, prese tutta l'aria che poté ed eruppe in un grido, santa madre, un grido d'animale immolato, un grido d'un dio castimato. Cominciò a tossire e a sputare sangue, nero sangue com'inchiostro di polpo, mi premurai di assuppargli un fazzoletto intra alla bacinella e di passarglielo sopra alla faccia, sulla bocca. Per me poteva finire lì, non sarebbe stato necessario continuare. M'alzai per andarmene, ma mi bloccò la mano e m'indicò il tavolaccio. C'era sul tavolaccio un quadernetto coi fogli tenuti a spago. Glielo diedi. Pareva fosse un macigno tant'era la fatica che fece per poggiarlo sul ventre.

"Ragazzo", disse, "Passami una noce, vediamo se la testa mi funziona."

La noce se l'accolse nel palmo, con dolcezza. Rimase così per un po', poi riprese a smozzicare frasi e parole che manco si sentivano.

"[...] la febbre mi consumò come un pospiro per tre settimane. I medici mi dissero che deliravo. C'ho passato quattro anni intra all'ospedaletto, i migliori della mia vita, se uno può crederci a quella felicità [...] No, amico, so a cosa stai pensando: non ero pazzo. Ci rimasi là dentro per lavorare. Successe questo: quando mi ristabilii dalla malattia, dopo tre anni di mutismo dalla morte della Linda, mi venne la parlantina, a recuperare tutto quel che avevo perduto, tenevo la parlantina e tenevo un pubblico ch'erano tutti quei malati lì dentro, mica tutti pazzi! Parlavo e parlavo in continuazione, tenevo quindici anni allora, la voce da ragazzino andava a ommettarsi, un rauco e uno stridulo che viaggiavano appaiati e cancellavano a vicenda le sgradevolezze d'orecchio, scivolando intra a refoli lisci e senza spigolature, intra a un suono, che come diceva il dottor Botrugno, ammansiva asini, tori e buoi, a intendere quei malati ch'erano lì dentro che s'acquietavano a quel suono manco fosse stata acqua benedetta, s'adagiavano seduti a gambe incrociate per terra, o in piedi, con le braccia a pendere lungo il tronco mentre ascoltavano in silenzio. Quello era il mio lavoro: acquietarli parlando [...] Il dottor Botrugno? Un brav'ommo, ommo di scienza per dirla, aveva seppellito la moglie una decina d'anni prima, messa a zinco dal colera e da allora viveva intra all'ospedaletto, teneva una stanza con vista mare, visibile pure l'isolotto. Io invece stavo intra a una stanza al piano di sotto, l'ala per soli ommini, e con me c'era pure l'infermier'Ettore che tempo dopo andò a morire affogato intra a una cisterna ricolma di vino. Per dire: non era davvero infermiere! Era il tuttofare là dentro, taciturno, pratico, con le mani piccole e tozze che parevano mancare di falange. Gli puzzavano i piedi da morire anche se a un certo punto penso anche i miei puzzassero altrettanto. Una volta m'aveva passato le pulci intra a un pizzicorìo che ci tenne impegnati notte e giorno per tre giorni a grattarci il culo che quelle ci mangiavano vivi. Non era la situazione ideale per viverci ma alla fine ci rimasi, e ci rimasi come a casa [...] Qui come altrove c'era un'insegna: Non tutti ci sono, non tutti lo sono, a riferimento dei pazzi. Ce

ne potevano stare non più di trenta alla volta intra all'ospedaletto e io ne avrò conosciuti qualche centinaio intra agli anni che sono rimasto lì. Era così per davvero, com'era scritto [...] No, non era importante cosa raccontassi, non erano le storie: era il ritmo, il suono di voce, non so. Avevano intra agli occhi un bagliore, un guizzo, pareva non già che ascoltassero le mie parole, ma che le comprendessero. Soprattutto quando parlavo loro del mare, che pure lo vedevano ogni giorno dal cortiletto e non doveva essere una novità, eppure quando gli raccontavo dei pescatori che arrivavano dal largo intra a quelle loro barche cariche di pesce e d'aragoste, di calamari a frotte, col tramonto spatasciato sopra all'orizzonte, quando gli facevo vedere intra alle mani conchiglie modellate dall'onde, pareva che quegli ommini e quelle donne ci uscissero dal loro abisso senza speranza e si calassero intra all'abisso acquamarino, un balenio intra agli occhi come una reminiscenza, che quel mare lo conoscessero, che da qualche parte loro pure ce l'avessero, ma non sapessero dove [...] Virginia era l'unica a restare in disparte. Rimaneva seduta a cavalcioni sul davanzale con un piede intra alla stanza e l'altro ciondolante nel vuoto. Era indifferente a tutto quello ch'era intorno. Canticchiava. Cantava, a volte, a voce tanto alta che mi costringeva a non parlare più, o a parlare a un tono più alto, al ché alzava ancor di più la voce e io facevo altrettanto. I malati mi guardavano come fossi impazzito [...] Ricordo: il dottor Botrugno venne intra alla mia stanza e mi domandò, Sai leggere, Ninetto? No signore, mai imparato. Imparerai. Mi diede un libro in mano, un calamaio e un pennino piumato che mai ne avevo visto uno. Non sapevo che farmene, ma poi lui disse, T'insegno io. Poi pianpiano, nel giro di un anno imparai a scrivere e a leggere in maniera decente. Ricordo: il dottor Botrugno entrò intra alla stanza e mi ordinò, Va' intra al salone e leggi! Teneva intra alla mano decine di fogli, tutto un lungo elenco di parole scritte a mano su tre colonne per foglio ed erano parole come anca, femore, tibia ma pure caulifiuro, pisciatoio, rinale, minaturo senza un ordine e senza un nesso logico anche se nesso c'era insieme a insieme, setto, petto, tetto, otto, cotto e ordine, non in quest'ordine. Così andai intra al salone, ch'era una grande sala dove si stava per tut-

to il tempo a guardare fuori dalla finestra e aiutare i malati ad alzarsi, a sedersi o evitare che si spaccassero la testa contro i muri, andai lì e iniziai a leggere quelle parole come mi era stato ordinato, così ad alta voce. Quei malati a quel ritmo sincopato s'accorparono nell'intorno, s'ammutinarono contro ogni altra cosa stessero facendo, s'avvicinarono a quel nucleo ch'erano quell'elenco di parole e m'ascoltarono. Il dottor Botrugno li osservava da lontano [...] Una volta, ch'era di maggio, ricordo: frizzantina l'aria, il sole alto, uno sguardo tutt'intorno ad abbracciare la primavera. Dalla finestra della camera il mare s'appariva a una tavolozza quieta. L'infermier'Ettore era andato a Gemini col dottor Botrugno a pigliare in consegna un tale Leo che durante la notte aveva dato fuoco a una casa senza un apparente motivo e subito dopo aveva iniziato a castimare dio, la madonna e i santi tutti, distruggendo a colpi di spranga tutto quel che gli capitava a tiro. Le guardie s'erano presentate all'ospedaletto e avevano domandato al dottore se c'era qualche unguento o cura per calmare l'ommo e il dottore aveva risposto:

– Voglio prima vedere il pazzo.

E così s'erano partiti di buon'ora alla volta di Gemini, ch'era un paesello di trecent'anime tra ommini, donne, bambini e bestie, per rientrare all'ospedaletto entro la mezzadìa. Io me ne stavo intra alla stanza, non mi ricordo esattamente cosa facessi, probabile che guardassi là fuori, dalla mia finestra si vedeva una pianta viola di bouganville che copriva un pizzo roccioso e s'avventurava fin quasi al bordo del mare e anche l'acqua era porpora e arancio, ricordo d'aver sentito dei passi intra al corridoio. Allora ho aperto la porta e c'era Virginia, con la faccia spaventata, gli occhi scantati, bianchi e grandi ch'erano gusci di lumaca.

– Virginia, che è successo? – le chiesi.

Quella si fermò e iniziò a piangere. Poi mi pigliò la mano e se la mise sopra il cuore: il cuore martellava impazzito. Non pensai al cuore intra a quel momento, ma alla mia mano sopra al seno [...] Tenevano un presagio, penso, come gli animali prima d'un terremoto. Rimasero attaccati alle finestre a scrutare fuori: se ne stavano, i malati dell'ospeda-

letto, ad aspettare il dottor Botrugno e quel pazzo che doveva arrivare. Non penso che qualcuno di loro lo conoscesse, ma ciascuno lo sentiva sbagliato, a figurarselo poteva essere un uragano che minacciasse tragedia e morte. Per calmarli mi misi a parlare di tutto quello che mi veniva in mente. Parlai del mare. Parlai delle distese di carrubi, lecci, gelsi e pini marittimi che ci stavano intra alle pinete in faccia al mare e dei cachi e dei fichidindia che s'accrescono ripa ripa ai muretti di campagna, sopra alla pietra. Parlai d'una contadinozza che nettava le scorze spinose dei fichidindia a mani nude. Le spine piccolissime rimanevano conficcate intra alla spessa pelle, ma quella manco se ne accorgeva. Una volta si presentò a un funerale dopo aver scorticato una chilata di frutti: cominciò a dare condoglianze e a stringere mani ai parenti del morto. In poco tempo tutti si ritrovarono con le spine conficcate intra ai palmi e dovettero levarsele a una a una con delle pinzette. Qualcuno, inginocchiato, a una a una dovette cercarle anche sulla bocca del morto. Parlai della morte della Linda e del brigante Venneri. Quella volta, nessuno dei malati dell'ospedaletto si avvicinò ad ascoltare. Solo Virginia se ne stava seduta e attenta a pochi passi da me [...] Leo il pazzo... Leo il pazzo era tutto liscio, non teneva un pelo in testa, né barba in faccia, né peli nel naso, né peli nelle orecchie, né sopracciglia, né ciglia, glabro completo. Le labbra erano attraversate da una cicatrice che partiva da sotto il naso e arrivava fino al mento. Se ne stava seduto tranquillamente sulla carrozza tra il dottor Botrugno e l'infermier'Ettore, masticando tabacco. Quando arrivarono, Ettore s'occupò dei cavalli. Il dottor Botrugno rimase pensieroso [...] Che dire? Taluni s'erano attaccati alle finestre a guardarsi quella faccia tagliata che sorrideva serafica, altri s'erano raccolti la testa tra le ginocchia e dondolavano pigliati intra a una spirale di paura. Io osservavo: all'apparenza non teneva niente di strano quell'ommo. Un ommo, era un ommo. Beh: mi sbagliavo [...] Scesero dalla carrozza. Il dottor Botrugno l'accompagnava, toccandogli lievemente il braccio. Quello si voltò e guardò in giro, intra a uno sguardo d'insieme quasi fosse un generale che valutasse il passo migliore per attaccare il nemico. Si girò verso l'ospedaletto, verso di noi. Sorrise un ghigno. Poi venne distrat-

to da qualcosa. Si gettò a terra, intra a un sollevamento di polvere e pietruzze, acchiappò una lucertola e l'addentò alla testa. La coda staccata dal morso continuò il suo movimento per terra [...] Poi fu la volta dell'orecchio di Mimì Coltello [...] Il naso della signorina Teresa Conaci [...] Due occhi d'uccello sulla scrivania del dottor Botrugno [...] Un topo [...] Due molari dell'infermier'Ettore [...] La falange del mignolo della mano destra del dottor Botrugno [...] La vedi questa cicatrice ragazzo, qui vicino alla tempia? Lui [...] Lo sfregio sul dipinto di San Vincenzo [...] Il terrore nell'incrociare quell'ommo. Era ancora ommo quello, ragazzo? [...] Dove poteva, distruggeva [...] In mancanza di una soluzione, Leo il pazzo venne rinchiuso intra a una cella vuota, solo quattro pareti e una finestra con le sbarre e pure lì dentro si ruppe i polsi a furia di tirare pugni contr'al muro [...] Non era la soluzione che il dottor Botrugno stava cercando. Era ommo scienziato lui: teneva la necessità di sapere, non s'accontentava di metterci al nascosto il suo problema. Fu nel momento in cui Leo il pazzo venne rinchiuso intra alla cella che il dottor Botrugno si rinchiuse intra allo studio e, a poco a poco, svanì. Se ne stava sommerso tra i libri, a cercare tra quelle pagine una soluzione per quell'ommo disgraziato — sì ragazzo, quello ancora ommo era, giacché pure quello è essere ommo — studiò tutto quello che si poteva conoscere sull'argomento, unguenti e intrugli e pozioni. Ormai usciva dalla stanza molto di rado e solo per pochi istanti [...] Andai intra alla stanza della Virginia, una sera: Virginia mi fai ascoltare di nuovo il cuore? Il mio batteva, oh se batteva [...] Intra alla notte non si riusciva più a dormire ché Leo il pazzo gridava, Lasciatemi uscire, Ehi fatemi uscire! Allora noi ci si svegliava, s'andava piano piano vicino alla cella provando a non far rumore, ma quello s'attaccava alla porta e gridava, Ehi v'ho sentito, siete là fuori, apritemi, apritemi e poi iniziava a piangere, ch'era difficile credere fosse una farsa, quello strazio e quei singhiozzi erano squarci intra all'anima. Una volta gli risposi, Non teniamo chiavi, e l'infermier'Ettore mi pigliò di petto, M'ha fatto ingoiare due denti e tu lo vorresti aiutare? Sei più pazzo di lui. Ci decidemmo a chiedere al dottor Botrugno di fare qualcosa. Arrivammo in fronte alla sua stanza

e lì sentimmo il dottor Botrugno piangere lui pure, coi singhiozzi ch'erano poco più che pigolii. Allora non dicemmo niente e tornammo nella nostra stanza [...] La malinquietudine intra all'ospedaletto s'era fatta concreta, tangibile, l'aria s'era fatta di piombo, i malati erano sempre un lamento, per quei rumori che sentivano di notte, per l'incupimento che c'accompagnava tutti quanti [...] Ricordo un giorno: sentì bussare alla porta. Era il dottor Botrugno: smagrito, gli occhi cerchiati di nero, pareva invecchiato di dieci anni intra a quel mese che non l'avevo visto. Mi disse che aveva un lavoro per me, che il giorno successivo avrei portato i pazienti a fare un giro. Era la prima volta che uscivano dall'ospedaletto. Prima d'andarsene domandò: Ninetto, sei mai andato in barca? [...] Fu solo un caso che intra all'ospedaletto le malate fossero solo donne. Certo: c'era anche Leo il pazzo, ma lui non sarebbe venuto con noi. Le ragazze s'erano radunate tutte davanti al cortiletto — le chiamavamo ragazze ché tenevamo per loro un affetto e una complicità come di gente cara, pure s'erano in là con gli anni — parevano infantasmate intra a quelle camicione bianche che arrivavano fino al polpaccio. Ridevano, qualcuna se ne stava qualche passo più indietro perché erano anni che stava rinchiusa lì dentro, non teneva memoria di quel ch'era fuori. C'era anche Virginia tra loro. Aveva strappato una margherita e l'aveva sistemata tra i capelli. Era bellissima [...] Il mare era distante solo cinquecento metri dall'ospedaletto, eppure impiegammo quasi un'ora ad arrivarci, a fermarci a ogni meraviglia che s'incontrava per strada: le ragazze s'erano dimenticate dell'aria, s'erano dimenticate dei fiori, s'erano dimenticate degli insetti — Teresella, ch'era tarda nei movimenti e nei pensieri, trovò un nido di vespe vicino a una vigna e rimase a fissarla immobile mentre quelle le ronzavano attorno: poi allungò la mano e decine di vespe si posarono intra al palmo e sopra alle braccia, intra a un ronzio che si faceva sempre più insistente. Abbassò il braccio, si voltò e torno verso di noi. Quelle se ne volarono via. Non ci crederai ragazzo: non venne punta neppure una volta [...] Fu una passeggiata piacevole, infine. C'arrivammo in riva al mare ch'era difficile a guardarlo tant'era il riverbero di luce che s'emanava, luce propria pareva, quasi che in realtà prove-

nisse dagli abissi anziché dai cieli e s'espandesse intra all'aria a illuminare la giornata. Sulla plaia stava adagiata una barca, le vele torcigliate torno all'albero centrale. Virginia sollevò la camiciona fin sopra il ginocchio e fece qualche passo intra all'acqua: socchiuse gli occhi per il piacere. Le altre la seguirono ma anziché entrare intra al mare s'accalcarono sopra al confino tra onde e rena e, come onde, tornarono indietro sulla rena, intra a una risacca al contrario. L'infermier'Ettore rimase in mutandoni, pigliò la rincorsa e si tuffò. Le ragazze si coprirono gli occhi con la mano, spiando tra le dita [...] Aiutammo le ragazze a salire sulla barca. Io mi sistemai vicino a Virginia. L'infermier'Ettore si mise al timone, puntò l'indice verso il largo e disse: Gentili signore, Ninetto, tenetevi forte: si salpa. Fu così che prendemmo la direzione dell'isolotto [...] Il mare era fermo, rassicurante, eppure quella quiete apparente che s'accoglieva intra a uno sguardo ampio sopra all'enorme distesa di acqua, se pigliata intra a una prospettiva ravvicinata e partecipe, svaniva: avanzando con le barche, intra a una concretezza esatta e scorzosa di spruzzi e di vento, scosso com'era da correnti avverse che s'incuneavano intra alla baia e tornavano verso il largo e s'imbrigliavano le une con le altre intra a mulinelli e vorticelli e sobbalzi, ci pareva, il mare, indisponente e pericoloso. Era come guardare una goccia di sangue col microscopio del dottor Botrugno e scoprire che lì, intra a quel liquido rosso omogeneo, ci stava un gran movimento di particole, un incontro-scontro caotico e generante, misterioso: la vita in essere. Eravamo a metà tra l'isola e la costa: l'ospedaletto era visibile in alto sulla collinetta, con la sua torre smozzicata e il muro tutt'intorno. Le ragazze non ridevano più. Virginia se ne stava a prua, col braccio teso verso l'acqua a tentare di toccare le onde nell'avanzata, diceva che il mare era troppo blu, troppo profondo, troppo grande, troppo tutto e io a ripetere ch'era normale e che non doveva rovinare una così bella giornata con quelle sue parole. Le ragazze s'erano strette le une con le altre al centro della barca dicendo ommadonnamia, osortenoscia, che non sapevano manco nuotare: c'ebbero un'incrinatura d'anima, un'increspatura rispetto a quella serenità che avevano avuto fino a quel momento, un timore. E

poi un fatto: una nuvola di gazze ladre adombrò la collinetta in fronte all'isola intra a un caotico disvolare d'ali e di piume, si spostò lungo la costa, poi tornò indietro e s'allontanò dietro il faro. L'isola s'aumentava intra a un'ombra tenebrosa [...] L'isola s'appariva tale e quale alla costa dirimpetto, ma dove a costa v'era una rientranza, in quel punto corrispondente sull'isola s'aveva una sporgenza, tutto faceva pensare a un gioco d'incastri e di rotture in cui la terra che apparteneva all'isola s'allontanò, in tempi antichi, dalla terra che apparteneva alla terra. Pure gli scogli erano simili a quelli a costa, ispidi e puntigliosi, questi un po' più arrotati di quelli, che qui è l'acqua che governa, mentre lì è il vento, mancava ogni tipo d'arbusto o di vegetazione, ma per il resto la sensazione che rimandava era di essere ancora a riva. Le ragazze scesero dalla barca contente della terra sotto i piedi. Il dottor Botrugno aveva in mente un esperimento: voleva valutare l'effetto del rumore del mare sopra a quella loro fragilità di mente, voleva che fossero circondate da quel rumore, dallo sciabordio d'onda contro roccia, dai gorgogli, dai flussi e riflussi, circondate d'ogni parte dal mare con quell'apertura che s'aveva, senza discontinuità e intermittenze, se non quella della luce del faro che a malapena si vedeva intra alla mattinata. Quale posto migliore se non l'isolotto? Io e l'infermier'Ettore saremmo stati con loro sopra all'isola e avremmo portato con noi del cibo [...] Perché il dottor Botrugno non venne pure lui sopra all'isola? Gran bella domanda, ragazzo, gran bella domanda. Ch'era ommo scienziato già te l'ho detto, uno dei migliori quassotta: quel che andava cercando era la Scienza come la s'intende, quell'avanzare a passettini tra errori e successive correzioni intra a un'incertezza sottile e imprecisa che c'avvicina a nuova conoscenza, quel continuo confutare o accettare intuizioni che s'accordano o non s'accordano coi fatti, quel catalogare, osservare, appurare, predire: quell'era pari pari la sua scienza eppure quella sua scienza, che con tanta fatica andava perseguendo, perdeva ogni potere di predizione e di verifica quand'era applicata allo studio dell'ommo e del suo agire, tanto sono, l'ommo e il suo agire, insensati e irragionevoli. Il dottor Botrugno ci disse che per quel tipo d'esperimento era necessario che lui non fosse presente, giacché la sua

sola presenza — e anzi, a pensarci bene, la nostra presenza, anche la mia e dell'infermier'Ettore — avrebbe potuto modificare la reazione delle ragazze, accentuandone o diminuendone la calma o la ribellione. Era meglio perciò per lui rimanere intra all'ospedaletto e per noi accompagnare le ragazze sopra all'isola e andarle a riprendere poi dopo qualche ora. Fors'era vero, forse questa era una verità: ma un'altra verità ragazzo era che voleva rimanere da solo con Leo il pazzo. Su questo ci puoi giurare [...] Una volta il dottor Botrugno mi domandò s'avevo voglia d'accompagnarlo nei dintorni di Presicce che aveva bisogno di un assistente e l'infermier'Ettore era impegnato con la costruzione d'una tettoia. Io accettai con entusiasmo. Il dottor Botrugno sapeva un sacco di cose, conosceva il nome degli uccelli e quando ne sentiva il verso diceva, Buongiorno a signoria signor il Cardellino, come sta? quasi ci parlassero la stessa lingua. Mi fece prendere la sua valigetta e partimmo. Arrivati a Presicce s'andò intra a una chiesa, il dottor Botrugno mi fece segno d'aspettare e si diresse verso la sagrestia. Un prete gli andò incontro, lo salutò e per un po' rimasero a confabulare sottovoce. Poi il dottor Botrugno mi fece segno di seguirli. La chiesa era piccola, umida, con l'altare in legno grezzo che pareva ricavato da un grosso tronco segato. Ci fermammo di fronte a una porta chiusa con una catena. Il prete tolse la catena ed entrammo. Scendemmo lungo una ripida scala, poi proseguimmo lungo un corridoio basso e stretto che si toccavano le pareti coi gomiti. Ci stava un tanfo ch'era difficile a respirare. Raggiungemmo una seconda porta. Il prete l'aprì. Intra ci stava un tavolo e sopra al tavolo ci stava un morto, un ommo che poteva tenere sessant'anni, con un bel viso rilassato che pareva stesse pigliando il sole.

– Padre Rinaldo, disse il prete.

Il dottor Botrugno ci fece sì con la capo.

– È morto questa mattina e ancora non abbiamo avvisato la comunità. Per prima cosa v'abbiamo mandato a chiamare.

– Io sono un medico per i vivi, coi morti non servo più.

– Ma prima di dare l'annuncio noi si voleva... Padre Rinaldo era una persona straordinaria, con una fede incrollabile nel nostro signo-

riddio. Stamattina stavamo in refettorio io e lui, stavamo mangiucchiando qualcosa e a un tratto quello s'è messo a tossire come ci fosse capitato un tozzo di pane intra al gargarozzo, io gli ho riempito una tazza di acqua, ma lui s'è accasciato ed è morto.

– Lo vedo che è morto.

– Io le debbo confessare una cosa dottore e spero che rimanga quassotta a questa chiesa… – disse il prete e mi guardò.

– Il ragazzo è il mio assistente. Non si deve preoccupare.

– …d'accordo d'accordo… altrimenti a rimetterci non ci sarà solo un prete poverello come a me, ma pure… – il prete si fece il segno della croce e ci guardò al soffitto della stanza, ch'era pietra viva, come scavata intra alla roccia — pure una carusa di buona famiglia, dottore, non svergognata, una ragazzetta signor dottore caro, che la dovete vedere. È da qualche mese che trova una scusa con sua madre per venirmi a trovare intra alla chiesa. Sua mamma è tutta contenta per questa sua figlia così timorata… Signor dottore se sapesse… Un diavolacchio è quella ragazza signor dottore, che una volta s'accoscia e l'altra si scoscia… non mi fa più dormire tranquillo dottore. Io non so più dove se n'è andata la mia fede… la notte intra al letto sono certo di averla ritrovata, mi sento invaso dalla grazia di dio e da quella pienezza, sono sicuro che da quel momento in poi sarò abbastanza forte da resistere alle tentazioni e invece il giorno appresso puntualmente ci ricasco… io sono sempre votato a nostro signoriddio, ma quella ragazzetta mi ci confonde il giusto con lo sbagliato, mi c'incarta la capo.

– Senta, io non ne so niente di queste faccende, mi creda: ne parli col vescovo…

– Lei è un medico, il migliore dottore, lo sanno tutti. Ho sentito dire che secondo lei intra al cervello ci sta un omuncoletto che governa ogni parte del corpo. Per dire: ci sta questa zona qua sopra all'orecchio, che governa il movimento delle mani e la zona qua sopra alla fontanella dei bambini che governa il movimento degli occhi.

– Sono solo ipotesi. Devo ancora dimostrarle.

– E che magari intra al nostro cervello ci sta pure qualche parte che ci governa la fede nostra per il nostro signoriddio. Che ne pensa

signor dottore? Se c'è una parte per la lingua, una parte per parlare, magari ci sta pure una parte per pregare. Che ne pensa dottore? Padre Rinaldo era un santo, una fede incrollabile, che magari l'avesse conosciuto prima, magari si sarebbe fatto prete pure lei.

– Non credo.

– Comunque sia se ci sta questa zona del cervello che ci tempra intra alle difficoltà a noi poveri preti e ci dà la possibilità di ritrovarci intra alle nostre convinzioni, se quella zona ci sta, sicuro sicurissimo che intra al cervello di Padre Rinaldo dev'essere un bozzo, dev'essere subito visibile, la parte più sviluppata intra a tutto il cervello, sicuro questo... cosicché dottore se la trovasse poi magari potrebbe trovare un modo per renderla incrollabile intra alla mia testa, un modo per farla crescere e sviluppare, un piccolo aiuto a questo prete peccatore...

– Mi sta chiedendo...

– Che ne dice dottore?

– E se non la dovessimo trovare?

– Allora mi rivolgerò al vescovo, al papa se necessario. In un caso o nell'altro di questa storia nessuno ne saprà nulla.

Il dottor Botrugno fece la pantomima di volerci pensare un tanticchio, ma da quand'aveva capito la richiesta del prete, il suo occhio gli era brillantinato febbricitante, che si vedeva che non vedeva l'ora di metterci le mani sopra al morto.

– D'accordo – disse il dottor Botrugno.

Quel giorno, ragazzo, fui assistente del dottor Botrugno intra a un'autopsia a un frate. Ci pensi ragazzo? Il dottor Botrugno era entusiasta all'idea di poter studiare da vicino il cervello, la morte al servizio della vita, che tutte quelle sue supposizioni che s'era fatte magari c'avrebbero avuto una conferma, o magari una smentita, ma sarebbe stato comunque un passo in avanti intra alla sua scienza [...] Rimanemmo là intra alla stanza per tre ore: il dottor Botrugno continuò a girarsi e rigirarsi quel cervello, prendendo nota d'ogni aspetto che gli paresse rilevante, misurava distanze, misurava le circonvoluzioni e i rapporti, i lobi, ogni tanto lanciava un'esclamazione, Che bellezza, diceva. Prese pagine e pagine d'appunti, fece disegni e schizzi di quel

cervello che aveva di fronte. Il prete di tanto in tanto faceva capolino, s'affacciava alla porta a controllare se c'era qualche novità, se magari quel bernoccolo della fede era stato trovato: poi spariva dietro alla porta agitando sconsolato il capo [...] Alla fine il dottor Botrugno non lo trovò quel bozzo della fede. Il prete andò a farsi confessare dal signor Vescovo, il quale lo inviò intra a una chiesetta di Foggia, per fargli superare quelle sue tentazioni. La ragazzetta avendo saputo che il prete era stato trasferito decise di prendere i voti, di farsi monaca — con grande devozione e contentezza della madre: chiese poi di farsi trasferire intra a un'altra località che necessitasse maggiormente della sua opera di carità. Venne mandata intra a una chiesetta di San Severo a pochi chilometri da Foggia — a pochi chilometri, per dire, dalla parrocchia di quel prete. Il dottor Botrugno non trovò altri bozzi e anzi ammise che intra a quel cervello non si capiva una beneamata minchia, né a favore né contro le sue idee. Poi però ci trovò una spiegazione plausibile a tutto quello e la spiegazione era: quel cervello era un cervello morto. S'era fatto l'idea che bisogna vederci il cervello come funzionava dal vivo, se s'addumava tutt'insieme o pezzo pezzo a seconda di quel che necessitava... Allora sì... Ma così... che bellezza caro Ninetto, che bellezza [...] L'infermier'Ettore me lo disse quando arrivammo all'isola: poco prima di partire, su ordine del dottor Botrugno, aveva legato Leo il pazzo al letto, con delle fasce di cuoio ai polsi e alle caviglie — non mi disse però come c'era riuscito [...] Solo quando le ragazze misero il piede a terra, a poco a poco andarono a calmierarsi, anche se la malinquietudine era evidente dall'accentuarsi di scatti e gridolini e lamenti. E quel loro incedere timoroso sugli scogli e restare interi minuti col piede sollevato prima di trovare il coraggio di abbassarlo sopra un pizzo più alto, con la paura di cadere, quel rimanere immobili intra a una posizione aspettando che noi le aiutassimo a proseguire... forse non era stata una grande trovata quella del dottor Botrugno. Scaricammo anche dei panieri pieni di pagnotte e di qualche pommidoro fresco se ci fosse venuta fame [...] Il dottor Botrugno mi aveva dato questo quadernetto. Qui ci scrissi: le ragazze stanno tutte insieme, un poco scosse da quello che è successo sopra

alla barca. Stanno tutte insieme, compattate sopra allo scoglio. La Virginia come al solito se ne sta per i fatti suoi [...] E qui: approfittando della mia concentrazione nel redigere il diario, l'infermier'Ettore se n'è andato e m'ha lasciato sopra all'isola insieme a queste pazze. Perché? Perché? Io sono l'assistente del dottor Botrugno, l'assistente del dottor Botrugno, l'assistente del dottor Botrugno, l'assistente del dottor Botrugno, perché? Io sono l'assistente del dottor Botrugno. Sono forse pazzo, io? Io sono l'assistente del dottor Botrugno [...] Capì il mio compito: fare da testimonio all'esperimento, cronista d'ogni avvenimento che s'avveniva sopra all'isola, d'ogni mutamento d'animo, d'ogni azione. Mi sistemai in un punto abbastanza in alto da poter osservare tutti i lati in un solo colpo d'occhio [...] L'isolotto non è tanto grande, tutto scoglio. Sette, otto ragazze sono sedute sugli scogli rivolte al largo. Stanno sempre insieme, quasi a volersi dare forza una con l'altra, guardano il filo d'orizzonte, addove i gabbiani ci fanno parate, svolazzi, capriole ed evoluzioni. Gegia, che intra all'ospedaletto sta fissa immobile a guardare il muro, qui sta fissa immobile a guardare il mare e non si può dire se muro e mare o mare e muro per lei sia lo stesso oppure no. Teresella gioca coi granchi: potrebbero pungerla e pizzicarla invece le passeggiano sopra alle mani, sopra alle braccia, sui piedi e poi se ne scendono dall'altra parte come se nulla fosse. Virginia sta invece dall'altro lato a torturare un granchio. Di là l'ommini a terra paiono formicole [...] La marea si sta alzando, le ragazze si sono portate al centro dell'isola per non essere inzaccherate dalle onde che si fanno sempre più minacciose. Piangono e si lamentano in continuazione adesso, pure Gegia fa un rumore a labbra inserrate che pare il muggito d'una vacca. Virginia s'è avvicinata a me e ha iniziato a parlare. Io non la sto a sentire perché sono il trascrittore di quel che accade, sono l'assistente del dottor Botrugno, lei parla e io scrivo ma non le rispondo, lei parla e mi dice, Si sta scurendo e ancora non sono arrivati, quand'è che ci vengono a pigliare? [...] Ninetto se ci porti via di qua ti faccio sentire il cuore. Alzo la testa [...] La sera s'adagia, s'annotta intra a un blu scuro a coprire acque e coste: solo s'emergono le creste dell'onde, bianche. Fa freddo, le ragazze stanno tutte intirizzite

e nervose, piangono e si disperano, capiscono che a stare vicine si fa meglio e si sta più riparate, ma quella loro vicinanza fa sì che se una piange, pure le altre piangono e se una parla pure le altre parlano e se una prega pregano le altre, intra a singhiozzi e colpi al petto in segno d'espiazione e tutto si fa confuso, con la rumorata di mare che piglia il ritmo di quelle preghiere. Virginia continua a fare su e giù per l'isola, s'avvicina a quella confraternita di donne intribolate, le scuote a una a una, le striglia come cavalli, Basta piangere! Gridate con me: ehi di costa? Ehi? E quelle imitano, flemmatiche indolenti lamentose che la voce non si sente manco lì sopra. Virginia è pazza, sproloquia, parla, s'agita, indica, è un continuo sprofondare intra, un cadere continuo: meraviglioso e spaventevole al contempo, alla sua parola s'addensano nubi e soffiano venti e s'alza marea e si forma tempesta e lei diventa fulcro d'ogni avvenimento e d'ogni realtà e tutto ruota in sintonia con la sua parlata e diventa cupo e scuro, oscuro e ignoto.

Vedete là?
Terri d'Otranto
Feline, Tugli e Parabìta
la città bella
kalè polis
e poi
Aquaricca e Alissano
Tre Case, Prisicci e Patù
Li vedete li fuochi
di Matino?
Non viene voglia d'esser lì?
Tra i cispi e le cirase
spampanando fiche
intra a un sol gesto
mangiarle
intra a un sol boccone,
intra alla vocca vorace
rotolarvi la verd'oliva
passarvela di là e di qua

come a un pinsiero lieve
ballare
cantare
dondoliare
cotolare i fianchi
‘mmenz’i campi fare all’ammore,
non vi manca tutto questo?
Vedete là
subra la tierra ficonda
c’assotterra li morti e rivivisce li vivi
ommini
sgubbare aggubbati
subra a pommi doradi
lucidarseli
subra a pantaloni terragni
mozzicarli
infrisellarli
ringraziari d’essere vivuti
e là
donne
figliare
mammane
nascìre
intra alla grazia di vita
patire
gioire
leggère pregare
vedete là
il faro
la torre campanara
l’orologio
la cattedrale,
casa nostra.
Mo’ venite con me

da st'altro lato
solo alto mare
noi simmo genti semplice
genti acqua e sale
mo' ditemi:
che vedete a qua?
Acqua
acqua di mare
acqua e sale
a qua ci sta solo acqua
vastità
terribili, sinz'aria
e noi
noi simmo genti semplice
genti acqua e sale:
a qua sparimmo
simmo nenti a qua.
Mo' di nuovo con me
una volta ancora
là, vedete?
Fiammelle sulla plaia
di là c'è qualcuno
le vedete le lanterne
e le fiaccol'alte
c'è qualcuno
c'è qualcuno!
Amiche
gridiamo insieme
Ehi di costa
Ehi!
Brave
ammenatevi
braccia all'aria
scapigliatevi

come pazze
gridate
con speranza
con ardore
Ehi di costa
siamo qui
da sta parte
da sta parte
matri mia
la speranza
come germe
come verme
come pianta
come seme
come creta
come terra
come prece
come perla
come spiro
come rivo
come strazio
come lodo
la covo
come ovo
intra al tempio
intra al tempo
la speranza
carni a sanguo
sì
sanguo a carni
sì
matri mia
matri mia
la speranza ho nel grembo

aspetto un figlio
aspetto un figlio
sarò
matri.
D'intra a una notte scurosa
addò no iantò gallo
addò no lucì luna
m'insognai
per ogni dove
niuro fumo
affumacato
soffocante
puzzoliente
come zurfo alla zurfara
come fumo di focara
per lo 'nvierno
tra foco e fiamme
grandincendio
ferro ardente
e là dintra
là nascosto
intra all'ombra, malombra
un diavolicchio
piccoletto
rachitello
un animalo
cogli occhi abbracciolati
'i fiammelle sui capiddi
co'i pedi da cabrone
la coda
'mmenz' i gambe
m'agguardava
dalle nari
suspiroso

il respiro abbruciacchiato
li cornicchi
spunteolati
e che parole ci diciva
parìa un toro
e che cavuto ci faciva
uno squaglio
un bollore
una vampa
d'intra a me
fora a me
d'intra a me
fora a me
d'intra a me
fora a me
d'intra a me
fora a me
d'intra a me
fora a me
uno 'nfierno
un solo attimo
poi scomparve
poi un gran friddo tutt'intorno
un gelo bianco
luminoso
come morte
come vita
un brivido
m'arrisvegliai così
da quel sogno insonnolato
indiavolata
sudacchiata
e ingravidata.
Che fanno?

Sinni vannu?
Farabutti
ehi
spittate
dove andate?
Amiche
non piangete
la speranza ci sostiene
là vedete
la tierra non è distante
è uno sfioro
una carizza
a natare ci s'arriva
Nisciuno sa natare?
Non sarà difficile
l'acqua è amica
io ci provo.
S'alza l'acqua
l'acqua è fridda
la notte è fridda
friddo è il core
chi ci viene?
chi mi segue?
Voi continuate a gridare
brave così
io chiamo aiuto
arriverò
verso costa
arriverò.
S'alza l'acqua
l'acqua è fridda
la notte è fridda
friddo è il core
i pedi sprufondano

nonn'è difficile
ce la fò
ancora tocco.
Pè sto figlio mio
pè sto figlio mio
pè sto figlio mio
la speranza
sarò matri.
S'alza l'acqua
l'acqua è fridda
la notte è fridda
friddo è il core
Ehi di costa
per di qua
da sta parte
verso st'isola
di pazze:
noi
isolate
impaurite
solitarie.
S'alza l'acqua
l'acqua è fridda
la notte è fridda
friddo è il core
accorrete
ch'i m'affoggo
sto sinz'aria
respir'acqua
acqua e sale
acqua di mare
s'alza l'acqua
l'acqua è fridda
la notte è fridda

friddo è il core
s'alza l'acqua
l'acqua è fridda
la notte è fridda
friddo è il core.
Matri
matri mia
'maro mare
'mara me
mirami:
mi moro.

[…] malerba, gramigna, che t'accresci sopra la terr'arsa, maledetta speranza. Vidi le ragazze avanzare passettini passettini sopra all'isola, cogli occhi sbarrati, le braccia tremolanti protese verso quella loro terra che si slargava per chilometri in sullo sfondo, longavano le mani verso Virginia che s'avanzava intra all'acqua con l'oscurità che se la consumava dai piedi. Non avrebbero potuto seguirla intra alla sua pazzia, intra al suo coraggio. Le ragazze si bloccarono a ripa di mare, sfiorando giusto un poco l'acqua protendendosi per quanto potevano e sapevano, verso di lei. A ogni passo l'accompagnavano con urla incitanti e disperate: gridavano perché ce la facesse intra al suo intento e s'arrivasse verso costa a domandare aiuto, gridavano per darle coraggio, per essere con lei; nello stesso tempo gridavano perché non ce la facesse e s'affondasse come una petra, lei al pari loro, obbligate sopra a quello scoglio; gridavano per acclamazione di lei e per disperazione di sé, per speranza di lei e per rassegnazione di sé, per ammirazione di lei, per l'invidia di lei, per coraggio di lei, per incoscienza di lei, per incoscienza di sé, per terrore per sé, per inettitudine di sé, per vacantezza di sé, vuoto, nullo, nulla, per lei per sé. Riesci a immaginare quale oppressione ci sentissero intra all'almo, ragazzo? […] Fosse stato tutto solo mare da ogni parte, intra a una rassegnazione quieta e senza patemi, senza quella speranza rumorosa della terra a portata di mano, non sarebbe forse stato meglio? Questo fu un errore del dottor Botrugno… […] intra alle giornate di calmerìa di scirocco, addove il

mare sta col fiato trattenuto, prova a metterci orecchio che lo senti ancora quel grido e quel pianto, ragazzo [...] Che feci io? Continuai a scrivere. Eravamo naufraghi immobili sopra a quello scoglio che da quel momento pigliò il nome d'Isola delle Pazze in onore delle ragazze ch'erano lì sopra. C'ero anche io su quell'isola, ragazzo, Ninetto Cazzamendule in persona, assistente del dottor Botrugno. Continuai a scrivere e registrare sul foglio quanto potevo, anche se a metterci tutta quella realtà sopra ai fogli mi faceva una grande confusione, la cosa più difficile era selezionare quello ch'era importante scrivere da ciò che non lo era, quando la Virginia entrò intra all'acqua mi feci incuriosito d'una alghetta che si slungava e si ritirava intra all'acqua al movimento delle onde e in un tempo ondeggiava d'un lato e poi si stendeva dall'altro, descrissi quel respiro di mare e il colore dell'alghetta marroncino verde azzurro a seconda dei raggi riflessi di luna che la colpivano, poi passai al movimento, quel ripiegare un ramo invece di un altro al passaggio d'un pescetto, l'impigliarsi a un ramicello galleggiante (da quale pianta derivava? e come avrei dovuto descrivere quel rametto ch'era tozzo, storto, tagliato, caduto, bagnato, bruciato, mangiato?), le volute dell'acqua che lo circondavano intra a cerchi concentrici, scrivevo il più in fretta possibile a costringere tutto quel mondo intra alle parole, scorgendoci con la coda dell'occhio la Virginia avvolta d'un alone, mondo da raccontare ma così difficile da pigliare tutto insieme, restai col pennino sollevato, intra a migliaia e migliaia di immagini e di suoni e colori ch'erano tutti ugualmente importanti e tutti ugualmente indescrivibili [...] e poi le tre barche che si dipartirono dalla costa, le vedemmo di lontano con le torce a rischiarare l'acqua, i movimenti agitati dell'ommini, qualcuno gridava, Là c'è qualcosa, e qualcun altro, Ehi dell'isola... [...] Le guardie s'approdarono sull'isola. Con gentilezza accolsero le ragazze intra a coperte e le accompagnarono sopra alla barca. Un ommo dal ruvido mustacchio che s'arricciolava all'insù s'avvicinò e m'abbracciò: lì mi venne una gran tristezza e, senz'una ragione vera, piansi [...] L'infermier'Ettore era sulla prima barca, dove s'erano sistemate alcune ragazze. Aveva catene ai polsi e alle caviglie. Guardava in basso. Poi alzò la testa e mi vide [...] Non si sa come

abbia potuto, come ce l'abbia fatta, ma la Virginia non s'affogò. La ritrovarono che s'aggrappava all'onde disperatamente, in qualche modo rimaneva a galla. La portarono a bordo febbricitante. La salvarono ma quella volta ci perse il bambino [...] Intra a quella nostra giornata in assuppo di mare, il dottor Botrugno ammazzò Leo il pazzo: venne trovato lordo di sangue mentre, con l'aiuto dell'infermier'Ettore, cercava di nasconderne il cadavere. Era arrivato alla conclusione, dopo tanto studio e ragionamenti, che il solo modo per guarire la pazzia fosse d'operare, agire direttamente sul cervello del paziente. Per fare questo infilò un punteruolo intra a una narice di Leo e salì su per il naso, via via fino al cervello, secondo una procedura suggeritagli da un medico svizzero in visita in Italia. Leo il pazzo morì quasi subito [...] L'infermier'Ettore venne arrestato, ma riuscì a fuggire. Durante la sua fuga andò a nascondersi intra a una cantina. Lì c'era un serbatoio enorme di cinquecento litri per la fermentazione del mosto. Gli venne la curiosità. Salì sopra a una scaletta che portava all'imbocco del serbatoio, scivolò e cadde. Morì così, astemio. [...] Il dottor Botrugno venne arrestato. Venne internato intra a un ospedale per malati di mente. Qualcuno gli fece una lobotomia usando una tecnica più efficace di quella che aveva usato lui su Leo il pazzo. Per anni rimase inebetito. Morì pochi anni fa [...] Ragazzo, ci sei ancora? Sono molto stanco [...] Ehi ragazzo! Ehi! La noce..."»

«La noce era rotolata per terra, chissà a quale punto di questo suo racconto», disse Fedo Sanapo. «La raccolsi e gliela posai intra al palmo della mano. Ansimava a fiato grosso, accartocciato intra a quel letto come a un barattolo di latta, vomitante sangue e catarro, squassato dalla malattia intra a rutti oscuri che arrivavano dalla parte più interna delle viscere, dove ci facevano la lotta vita e morte. Pigliò la noce, la strinse nel pugno, quasi la proteggesse, un sussulto silenzioso: poi Ninetto morì. Ora eccola qua, signori, quella noce, testimone d'una storia di queste terre e di genti di quassotta, che è pure storia d'un mare, storia d'un'isola e d'un nome, il nome dell'Isola di Pazze, che è, da allora.»

Così terminava di parlare Fedo Sanapo, facendo vedere la noce a

palmo di mano, a dire, eccola a voi la prova che volevate, eccola la prova senz'appello, la noce che Ninetto non riuscì a rompere, ancora dubitate su chi fu testimonio di quel battesimo a Isola di Pazze, ancora vi domandate se la verità fu questa o quella o quell'altra? Gli altri due, innervositi, battibeccavano. Una noce a prova? Comprata al mercato il giorno avanti! Raccolta al ramo! Pura invenzione di quel vecchio pazzo! e continuavano così, a dire è vero e non è vero, è falso e non è falso, ciascuno ripigliando la parola per proporre nuove versioni di vecchie storie o nuove storie linde linde che mai erano state contate. Quando, infine, s'avanzava la sera, che i loro occhi lacrimavano senza pianto come lacrimano gli occhi dei vecchi, ebbene allora i vecchiarazza s'azzittivano, masticavano le gengive in silenzio o tutt'al più sospirando, calavano per così dire il sipario sopra a quel teatro di piazza, con le parole in sospeso a danzare tutt'intorno a quel nome, d'Isola di Pazze che nessuno si ricordava che nome era e da dove veniva e perché e percome. Intra alla capo di Masello l'immagine di quella noce subì una sovrapposizione d'altre immagini che si svaporavano una intra all'altra fino a creare un'unica figura di barchettuzza veloce che scivolava come ghiaccio sopra allo specchio di mare. Riaprì gli occhi. Per la seconda volta intra a quella mattinata, il risveglio fu brusco e straniante, il senso momentaneo d'irrealtà che subiscono le cose intra al passaggio da sogno a vero, pari pari alla nebbia sottile che avvolge i ricordi, disparve intra alla concretezza del puzzo di pesce marcio e al pelo rosso del gatto Fulvo. Il gatto se ne stava assittato al fianco di Masello intra a un'immobilità che l'appariva apporcellanato: il muso era rivolto verso lo strapiombo di mare, le vibrisse si muovevano leggerissimamente come sfiorate d'una brezza lontana, posticce, solo la coda, fiorente e larga d'un lungo pelo, pareva animata e vivissima e sinuosava estranea al resto di gatto, tra le orecchie dell'ommo e sotto al suo mento e intra al naso, intra a un pizzicorio che scoppiò fragoroso a starnuto. Masello ci vide un abbaglio di luce intra a mille e mille soli adamantini che s'addumarono tutti insieme, una luce così intensa che gli feriva gli occhi. Si tastò la capo e con sorpresa s'accorse d'un enorme bernoccolo lievitato sopra alla tempia destra. Doveva

aver sbattuto la testa cadendo. Si guardò intorno. Era andato a finire intra a una buca tra gli scogli, una pozza incrostata dal rimasuglio di sale dell'acqua marina evaporata. La caviglia gli si era un po' gonfiata, ma non pareva nulla di grave. Guardò verso costa. Lì in basso, il litorale brulicava d'ommini ancora affaccendati intra alla pulitura spiaggina, a raccogliere pesci manco fossero fioricelli di campo, gettandoli sopra ai camion diretti all'immondezzaro del paese. Tra quelle genti, intra a quell'accezione indefinita di persone accomunate dal preservare il senso di quelle terre, riconobbe alcune facce, Andrea Currò, Lele Paparina, Uccio Pastanaca, ommini con cui aveva condiviso la giovinezza, ommini ormai imbolsiti e coi capelli radi; riconobbe, per via del braccio amputato, Sisino Manimonco, ommo con la faccia da bambino e il sorriso perpetuo. Lo vide afferrare la pala con l'unica mano che gli era rimasta, bloccare il manico sotto l'incavo d'ascella e, facendo leva con il corpo, infilare la pala sotto una collinetta di mitili e cadaveri pescini, sostenendola a mezz'aria. Intra all'equilibrio instabile in cui era mantenuta dalla forza del solo braccio, la pala si capovolse nel tragitto fino alla carriola, svuotando il contenuto nuovamente sopra alla rena. Lo vide muoversi bovino, ondeggiando il tronco, trascinando i piedi, fare un passo verso il nuovo cumuletto, riaffondare la pala al disotto e ripetere il gesto. La palata finì intra alla carriola, spargendo tutt'intorno rimasugli d'entrame e lucore di vava, con l'alghe a penzolare dal bordo e i pesci con la capo oltre la sponda. Lo vide afferrare un manico della carriola e provare ad avanzare con quel carico sopra alla rena. La carriola, intra a un sussulto, rovinò per terra. Masello si voltò da un'altra parte, quasi gli dolesse a lui per primo tutta quell'inutile fatica. S'alzò poggiandosi alla roccia. Sullo scoglio notò un piccolo fossile di conchiglia, intra a quei giri e rigiri che ci faceva il guscio con una precisione matematica. Ne seguì i contorni con i polpastrelli. Ormai il guscio s'era fatto pietra, era pietra, pietra intra alla pietra, pietra modellata, intra a una bellezza cruda e inesorabile che l'aggelò: come poteva competere contro quelle sculture di natura, perfette ed eterne, vita vera intra alla roccia e roccia essa, e metterci al confronto le sue sculturette di cartapesta, vita immaginata sopra alla carta e carta essa,

che a pigliarla con due dita si rompeva? Lo pervase una specie di sgomento, quasi si fosse ritrovato d'incanto sulla soglia d'una comprensione più vasta, d'un'intuizione. Da lì in alto, con la luce a catapicco a mondare i colori, nettarli e lucidarli come una brava serva, non gli appariva più l'immane catastrofe pescina che gli era apparsa in precedenza, l'enorme disgrazia che l'aveva arrisvegliato la mattina prima e l'aveva catapultato dinanzi a mare. Intra a quel nuovo punto d'osservazione, la macchia intra all'acqua diveniva sbiadita, le enormi montagnole di marciume si facevano assottigliate, i colori stinti, i rumori svanivano ridicoli a percepirli: tutt'era ridimensionato, lontano, straniero, quel mondo che da quarant'anni era il suo mondo gli apparve ora, senza preavviso, mondo altro — l'Isola di Pazze per esempio, s'appariva, e questo lo lasciò senza fiato, s'appariva solo un'isola intra al mare, cos'altro doveva essere? svuotata però d'ogni storia e d'ogni identità, uno scoglio qualsiasi, intra a un mare qualsiasi, intra un mondo qualsiasi, fuori fuoco, senz'appartenenza; cangiarono i colori che dismisero le peculiarità della loro luce riflessa e si rivestirono d'un grigino slavato, un appena accennato color seppia che fiaccava quell'attimo presente e lo rendeva stantio; assistette, per dirla, a uno sfarinamento di se stesso, a uno sgretolamento di certezze intra alle mani e lo fece da sopra a quel ciglione, a guardarsi quella gran bellezza come per la prima volta, senza riconoscerla, senza parteciparvi. Fors'aveva ragione la vecchi'Amanda? Che era ora di partire? Era questo il senso? Sperdersi stando fermi e ritrovarsi andando? Il bernoccolo gli pulsava intra alla capo e magari, per dirla, era esso stesso causa precipua di quel distacco, di quella dimenticanza. Che poi: non è forse la fortuna di chi dimentica facilmente, quella di riscoprire una volta in più quel che già conosce — una riscoperta continua, che tanto si rassomiglia all'ammore? A timbro e stampa del mutamento avvenuto, a dire a continuazione di quella malinconia scurosa che se l'era pigliato, s'avvide solo allora che la barcuzza della Mariabbondanza, quell'eroico legno galleggiante che aveva traversato da parte a parte il pezzo di Ionio tra l'isola e il faro, era, ora, tirato a secco sulla plaia, là svuotato di pesce e di donna, sdraiato su di un fianco come un elefante morto. An-

sioso, Masello s'osservò ogni angolo, in cerca della donna che tanto l'aveva sfantasiato intra alla sua apparizione, l'abbondanza femminina, la Mariabbondanza donna e colma, guardò per ogni dove, sporgendosi, alzandosi, chinandosi, scandagliando a occhio tutto l'intorno in cerca di lei, ma non la trovò da nessuna parte, quella s'era svanita, come una maga, disapparita. Gli venne un mancamento. Possibile che tutto se ne fosse andato a scatafascio senza che se ne accorgesse? La marea si stava alzando, ripigliandosi pesci spiaggiati e conchiglie bitorzolute. Difficilmente la Mariabbondanza avrebbe ripreso il largo prima del pomeriggio. Il Fulvo lo guardò. Masello gli tirò un calcio e quello si dileguò tra gli scogli più in basso. Era arrivato il momento di tornare a casa. Puntò due o tre volte il piede contro lo scoglio. Il dolore era presente ma sopportabile, addirittura piacevole, come certi mal di denti continuamente stuzzicati dalla lingua. Pigliò un passaggio tra le rocce che s'appariva a un viottolo in essere, non ancora calcato da fila di uomini eppure già predisposto a quello scopo, una piallatura di terreno che s'interrompeva intra un bivio, d'un lato scivolava lungo un declivio lieve senza balzi che arrivava naturale fino al mare e dall'altro si srotolava lungo una viuzza inghiaiata che si gettava sopra alla strada maestra e, di lì, fino al paese. Forse avrebbe fatto meglio a piantonare la barca della Mariabbondanza e stare lì di vedetta finché la donna non fosse tornata. Dopodiché, quand'ella fosse arrivata, l'avrebbe guardata intra agli occhi — di che colore aveva gli occhi la Mariabbondanza? — si sarebbe presentato e le avrebbe detto, L'aspettavo, avrebbe lasciato un silenzio d'interlocuzione e avrebbe aggiunto, Da sempre signorina, con una caduta incerta sull'ultima sillaba generata da una smorfia del volto di lei, un impercettibile innalzamento del labbro che s'appariva a un sorriso di compassione e, intra alla decodificazione di quel movimento, lui avrebbe avuto per l'appunto quell'ingrippamento di voce carico di tutt'un'affollata selva di dubbi che s'affacciavano per la prima volta: forse Mariabbondanza non era il vero nome, forse non era signorina, forse era moglie e madre di quattro pargoli che un giorno l'avrebbero chiamato zio Masello e avrebbero aspettato i suoi regali, forse sarebbe diventato amico del marito e avrebbe assistito da

lontano alla vita di lei, si sarebbe beato della sua felicità e ne sarebbe stato felice a sua volta, ebbene forse avrebbe fatto meglio a pigliare il toro per le corna, cambiare o dirigere gli avvenimenti, affrontarli anche intra all'errore, ubriacarsi di tutto quel che ne sarebbe venuto, giusto, sbagliato, che importanza poteva avere? in definitiva, forse avrebbe dovuto lasciarsi travolgere dal folle e azzardato rischio, il più folle e azzardato rischio che potesse immaginare, ch'era il rischio di vivere, ecco, forse quello era ciò che avrebbe dovuto fare. E invece fece un passo per di là, verso la salita che portava al paese. Da quel lato l'alternanza di plaia e di plaia, quella fina fina infarinata e quella ciottolosa a terriccio e petrolame, s'estendeva intra a variazioni di vedute che andavano dall'interno fino al mare e s'arricchiva via via di cespugli a capisotto sullo strapiombo o di rade terrose spazzate dal vento. Di lontano s'arrivarono lenti rintocchi di campane a morto, uno ogni dieci secondi, un pianto lento, una lenta eco. L'ommini in basso si guardarono intorno per capire. Le campane! Il funerale! È ora? Già, è ora! La buonanima del vecchiarazza! Luigi Za! Si va, si deve andare, a onore di quel grandommo! Che peccato! Le sue storie: non le ascolteremo più! Quelle rimarranno, le sue storie rimarranno! Si deve, andiamo. Andiamo dunque! Da tutta la costa sparuti gruppetti d'ommini gettarono le pale sopra alla plaia, si rinfrescarono intra all'acqua di mare, si mossero, s'aggregarono intra a rivoletti che partivano dal mare e risalivano quieti a imboccare i sentieri che portavano al paese. Per di qua, dov'era lui, grappoli di ommini lo superarono: parlavano del vecchiarazza e, di riflesso, si voltavano al mare quasi che l'uno non potesse essere pensato senza l'altro, parlavano della moria pescina, delle pressioni che il Consorzio della Pesca stava facendo sui politici affinché fosse proclamato lo stato d'emergenza, dell'ultimo bollettino emanato dall'Osservatorio Mare Nostrum circa un cambiamento delle correnti marine nelle ultime ore e la previsione del miglioramento delle acque con la dispersione dei banchi di meduse, parlavano immersi intra a quella loro realtà, totalmente a loro agio intra a quel loro elemento ch'era la storia piccola e circoscritta di quel tempo e di quel luogo. Masello non ci stava pensando più alla morte del vecchiarazza,

un ommo che pur non facendo parte della sua quotidianità, gli arrisultava però essenziale alla sua vita per via di quelle storie e di quella voce ch'era voce dei tempi, voce di terra. Masello si calò intra a quel flusso d'ommini che dal mare s'avanzava fino alla strada maestra. Percorse un tratto di strada che seguitava l'andamento di costa. Il mare gli appariva, ora, un enorme lenzuolo sgualcito, tutt'onde e piegoline, come dopo una notte d'ammore, col carico di umori perduti e macchioline d'amanti: di là la macula biancognola di medusa, oramai ridimensionata e rinsecchita e di lì lo sbuffo marrò d'Isola di Pazze, strisciata d'un sedere sporco sopra all'azzurro lenzuolo, e verso il bordo, dove il mare finiva, il rosso acceso d'una vela, da verginità violata. Si voltò sforzandosi d'ignorare mare e isola, intra a un misto di colpevolezza ed esaltazione, amante ferito sopra a quel mare. Pigliò un vicolo che si invaginava intra al borgo e faceva curve e raggomitolamenti tra case ammassate a singolo piano e gradini dirimpetto che si sfioravano corteggiandosi il marmo. L'acqua di bucato bagnava i paddi tondi e levigati, spargendo profumo di lavanda ed esaltando, anziché ridurlo, il puzzo di pesce marcio di quella giornata. Gli venne il voltastomaco: tutt'era una ruberia d'aria, un soffocamento. S'appoggiò a un muro per non cadere. La caviglia non gli dava fastidio, ma la testa gli faceva male. Vomitò. Avrebbe fatto meglio a tornare a casa, piangendosi i morti da solo, ma il pensiero rivolto al vecchiarazza e quel senso di colpa che l'attanagliava, quale dono dovuto a un maestro, lo fecero desistere. Avrebbe partecipato al funerale. La casuzza di Luigi Za non era molto distante. Era situata intra al fondo chiuso d'un viottolo, affiancata ad altre casuzze simili a quella, tutte tinte a calce bianca, una sola stanza e il giardino sul retro: erano, per dirla, dei dadi al cui interno si srotolava, senza nascondimenti, la vita d'un'intera famiglia, nascita, ammore, morte e tutto quello che ci stava nel mezzo. Masello s'avviò per di là imboccando una stradina che andava ingarbugliandosi intra a viuzze e cortiletti privati, con panni stesi tra le case e ponticelli sospesi a puntello della verticale. Si chiese come potesse ancora perdersi intra al paese dopo tant'anni, e come potesse ancora rimanere affascinato di fronte ad alcuni scorci improvvisi che gli s'apparivano

tra quelle case. Accadde ora, intra al raggiro d'una casa sgarrupata coi mattoni a vista: sulla fiancata v'era un grande buco tondeggiante che s'allargava sopra a un altrettanto grande buco tondeggiante sul lato opposto della casa. Masello immaginò una palla di cannone che li avesse attraversati entrambi. Ebbene, di lì Masello s'affacciò. Fu lo squarcio d'un velo, l'aprirsi d'un sipario: inaspettata comparve la piazza. In centro v'era il marcantonio ulivo centenaro con la chioma chinata dal grecale; subito dietro, la fontana d'arenaria, costruita già all'inizio come rudere, per essere poi spacciata a rudere autentico d'un glorioso passato ai turisti del barese; poi vide l'insegna del Velaccia e il porto e il faro; vide, per dirla, il teatro di piazza che tanto l'aveva accompagnato per tutta la vita, ma teatro in disuso, vuoto, senz'attori, con le seggiole impagliate al centro della scena, rovesciate per terra e ricoperte delle olive cadute. Chissà dov'erano ora gli altri due vecchiarazza. Chissà se Melo Memmi e Fedo Sanapo sarebbero stati presenti al funerale. Una folata di vento sollevò una giostra di foglie dal colore verde-argento, passò d'intra al tronco crepato d'ulivo, tra le fessure di mattoni e rovine, producendo un ululato di fantasmi. Si sentì avvoltolato intra a una malinconia vischiosa e soffocante. Imboccò una strada che si slargava intra a una piccola piazzetta con un'aiuola al centro e si diramava in un bivio, con un ramo che proseguiva lungo la via maestra e l'altro che si restringeva a imbuto intra una straduzza a fondo chiuso. Lì era la casa del vecchiarazza. Parcheggiato all'imboccatura dell'imbuto v'era un carretto col pianale semovente a sponde alte, utilizzato in generale durante la vendemmia per il trasporto dell'uva e convertito, per l'occasione, a carro funebre, rivestito d'un vellutino nero con frange dorate, tutto addobbato a fiori e lumini accesi. Masello s'avvicinò. Il carro era ancora vacante di morto. Da vicino, la stola nera perdeva in eleganza e raffinatezza, tant'era consumata intra a più punti e macchiata d'acini d'uva schiacciati. Ai quattro angoli del pianale erano stati posizionati quattro putti d'ottone, impilati, rispettosamente, sopra a stanghe di ferro dritte per l'ano, dando la sensazione che si librassero accanto al pianale, galleggiassero con leggerezza e grazia. A trainare il carro funebre era stato predisposto un trattore, lucidato a

nuovo, con le ruote larghe ancora lorde di terra: s'appariva per dirla, come certi ommini di fatica, ruvidi intra all'aspetto e schietti intra ai modi, costretti, dopo tante insistenze, a presenziare a un grangalà nonostante il loro disagio con gli ossequi, con le ciprie e con gli inchini e le buone maniere, inadatti a tenere sotto controllo piccoli dettagli, rivelatori, di postura, galateo, abbinamento. Di questa specie d'ommini doveva pure essere quell'ommo che se ne stava stravaccato sul trattore al posto di guida, all'apparenza dormiente, la pelle maculata a vitiligine, vestito d'un nero velluto in tutto simile alla stola distesa sopra al carretto — Masello immaginò derivassero dallo stesso rotolo di stoffa originario — elegante, una targhetta della Onorata Agenzia Funebre Belmondo cucita sul taschino, la camicia bianca sbottonata sopra a un petto villoso, le scarpe non in tinta col vestito, lorde anch'esse di terra. Un cagnetto dal pelo corto e dalle grandi orecchie se ne stava sopra al trattore accanto a lui e gli leccava la mano pendula.

«Che c'è da guardare?»

L'ommo parlò tenendo gli occhi chiusi. Masello sussultò.

«Lei è dell'agenzia funebre?»

L'ommo si mise a sedere e lo fissò.

«No. Quelli della Belmondo hanno solo preso in affitto il mio trattore.»

«Mi sa dire a che ora è previsto il funerale?»

«Dovevano essere già qui con la bara. Se tardano ancora me ne torno in campagna.»

«E che s'aspetta?»

«S'aspetta il morto, gliel'ho detto.»

«Arriverà tra poco, dunque.»

«Eeee… aivoglia ad aspettarlo… finché si sveglia… Scherzo sa? Io sono Nené. E questo è René.»

«Io sono Masello. Belmondo: che razza di nome per un'agenzia funebre.»

«Lo penso anch'io. Io ne avrei cercati altri: Trapassato e futuro, Amboeterno, Altr'ove, Tutto fu …e niente arrosto. Che gliene sembra?»

«Lasciamo stare.»

«Quando va lì dentro gli dica al prete di sbrigarsi, che sono tre quarti d'ora che aspetto.»

«Don Polonio?»

«Dovranno costruirgli la bara a misura di naso a quel prete.»

«Lei non viene?»

«Non ci penso proprio. Non mi piacciono i funerali. E poi qualcuno potrebbe rubare il trattore.»

«Chi ruberebbe un trattore con un carro da morto attaccato?»

L'ommo sorrise, sollevò il braccio per salutare e nuovamente chiuse gli occhi.

L'aria s'appestava di mosto e d'incenso che si mescolavano intra a un odore dolciastro. Nugoli di drosofile e d'altri moscerini annerivano l'aria. Masello smanacciò davanti a sé. Allora l'ommo disse, Ancora arrivederci. Masello imboccò la straduzza. D'intra alla strada, s'udiva un intristito mormoreggiare, un suono infoscato, plumbeo. Vide aggruppate, per di là, vecchie con scialli neri e il volto coverto d'un velo, scure come a corvi, corvecchie luttuose e confabulanti, adunate in circolo a cantellinare nenie, moroloje e lamentazioni, Oh focu meu focu meu, che bello giovine che era, oh focu meu focu meu, che bella gioventù che portava, oh focu meu focu meu, se n'è sciuto senz'avvisare oh focu meu focu meu, parole che andavano a impastoiarsi intra a una non-significanza ch'era un borbottio, barboso, rimbrottante intra un unico ribollire d'inferno, un rumore ch'era un vento minaccioso d'oltretomba. Masello le riconobbe subito per quel che erano, préfiche e chiangimorti, femmine pagate per il pianto che si disperavano a comando, chiangendo lacrime false come fossero vere, più vere delle lacrime vere, lacrime tragediatore sgorgate col succo di limone. Così accrocchiate capo capo, sbrindellate, nereggianti, non appena lui s'avvicinò, lanciarono a turno urla e frasi tirate come fusi e, dove una finiva, una appresso continuava, oh focu meu focu meu, da dove s'arrivò sto vento refolo? oh focu meu focu meu, sto vento refolo s'arrivò dal mare, oh focu meu focu meu, se ne venne a dindondare l'ulivi e le campane, focu meu focu meu, e a pigliarsi l'ommo migliore. A ogni acutissimo grido, gettavano l'occhio alle spalle per verificare

che il loro teatro facesse effetto, che pure lui si facesse trascinare intra a quel pianto e a trascinare altri insieme a lui. E cominciarono poi una lunga litania di nomi e nomignoli:

Morte, Morte, Morte,
Mortemagara
Pelata, Smorfiosa,
Cupa, Mietitrice,
Senzapelle, Meretrice,
Zozzona, Occhincavata,
Trista, Tenebrosa,
Signora, Senzacore,
Tanato, Bottana,
Grim, Nera e Silenziosa,
Malasorta,
Malamorta,
Malamorte,
Nasomangiata,
Piombigna,
Tuttosse,
Morte, Morte, Morte,
Dolcissima, Falciatora,
Eutanasia, Scurosa,
Insonne, Inizio,
Sonneterna, Fine

Era tutt'una conversazione con la Morte, un tête-à-tête, un tupertù purparlè, s'arrivolgevano intra al loro sproloquio verso un punto preciso davanti a loro, quasi che la Morte la vedessero in ossa e ossa, che ce l'avessero lì vicina, agitavano le mani intra a quella direzione a indicarla, a evocarla, a ingiuriarla con gesti osceni, a sputarle addosso e a mostrarle il culo sotto le sottane alzate. E, per via d'una qualche parentela che ci doveva pur essere tra le chiangimorti e quella millenomi, possibilissimo che fosse davvero lì in mezzo a loro, che l'Occhincavata, Scurosa, eccetera, eccetera, fosse davvero venuta con loro, a farsi vedere e riconoscere, da pari a pari. Masello ebbe la sensazione

d'essere osservato. Seminascosta dall'ondeggiare in cerchio di quelle sottane nere, dall'agitarsi di mani e di mammelle e di veli, gli parve d'intravedere una donnicciola che lo guardava, una vecchiarella intimidita, tutta stretta intra a una giacchettina di cotone, con le mani giunte, compìta, fragile, preoccupata a non occupare più spazio di quanto fosse necessario. Verso di lei tutte le chiangimorti rivolgevano gli insulti e le invocazioni. Che davvero quella fosse la tant'odiata e attesa Morte? Quella vecchiarella? Masello se ne sentiva gli occhi addosso, gli pareva di conoscerla. A darle un nome, un nome in più oltre a quelli già sentiti, un nome a quella vecchiarella che poteva essere la Morte in persona, a darle un nome Masello l'avrebbe associato all'ammore o al verbo dell'amare, Amanda per dirla, evocativo dell'atto e dell'oggetto cui appartiene, Amanda, come la vecchi'Amanda avuta tra le braccia d'intra a quella mattinata, ammore in Morte... Masello indietreggiò di qualche passo, pigliato in mezzo a quell'ondivago rumoreggiare, sbatacchiato come un drappo al vento, intra alla cappa ubriacante d'incensi e di vino. Si guardò attorno, cercando la sua stessa paura intra agli occhi di altri, la conferma d'essere di fronte alla morte, senz'altra metafora che non il significato reale delle parole, morte in corpo e carne, bellezza intra a somm'orrore. S'avvide con sgomento che da quella posizione, lontano da quel mormoreggiare e infoscare e sprofondare tenebroso delle corvecchie, nessuno badava a quel loro teatro. Regnava una generale indifferenza. Già una discreta folla stazionava di fronte alla casuzza, in attesa che il corteo funebre si movesse. Qua e là v'erano gruppetti di genti colloquianti, adunate sparse di persone rilassate a chiacchierare, a gesticolare, a mangiucchiare, a bere, a raccontare, a ridere, a ridere! perlamadò, a dire che il pescespada era più grande di così, quattro o cinque volte più grande, che l'arpione era stato tirato con tale forza d'aver passato da parte a parte la spadessa, che lo spadone non era morto, era stato avvistato nei pressi di Malta da una nave brindisina. S'aleggiava insomma una serenità latente, da meritato riposo, tutt'un ricordare e inventare e perpetuare; un allontanare, ecco, la dipartita. Se la personificò a mente sua la Mort'affranta, nervosa, tesa, insofferente a tutto quel chiacchiericcio, a tutta quella moltipli-

cazione di storie e di fantasticherie, che mandavano a strafottere la sua opera d'oblio e di cancellazione di quel tocco di carne greve che le sarebbe toccato. Masello guardò nuovamente le corvecchie. Erano ora rilassate, non più trasfigurate dal grido, intra una serena ed educata rassegnazione. Parlottavano con altre comari lì accanto. Al centro del loro cerchio c'era solo un tronco bruciacchiato, un pezzo di legno che, solo usando una grande immaginazione, poteva essere scambiato per persona viva — se mai morte si potesse dire viva. Cominciò a ridere, com'intra a uno scampato pericolo. Voltò le spalle, superò un raggruppamento di quattro o cinque musicanti, chiamati a eseguire marce funebri a ridosso del corteo ma che, intra a quell'attesa, s'erano seduti sul bordo del marciapiede e improvvisavano, coi loro fiati sbarluccicanti, scherzetti musicali e allegretti andanti. Quanto ci voleva ancora per il funerale? Percorse l'ultimo tratto della straduzza fino alla casa del vecchiarazza. Il bianco della facciata e il blu degli infissi rimandavano intra agli occhi un paesaggio da isole del Mediterraneo. Masello passò davanti alla finestra e spiò dentro. La bara di Luigi Za era posizionata su di un lato, solitaria. Già il coperchio era stato saldato e non era più possibile vedere il morto. Intra alla stanza riconobbe Fedo Sanapo, l'altro vecchiarazza: questi discuteva con un ommo che Masello non aveva mai visto, ma facilmente ascrivibile a funzionario dell'Onorata Agenzia Funebre Belmondo, per via della divisa in vellutino nero, della targhetta cucita sul taschino, della camicia bianca. Il vecchiarazza rotava le mani davanti a sé a mulinello, come rotolano i cumuli di polvere sospinti dal vento. Masello non riusciva a decifrarne il gesto, non potendo sentire le parole che l'accompagnavano. A quel movimento il becchino rimaneva impassibile, tutt'al più s'accarezzava il mento o si strufignava il naso, un naso d'un colore viola luttuoso, notevolissimo per dimensioni — sebbene di molto inferiore a quello di don Polonio, il naso per eccellenza, unico e reale, Sua Eccellenza il Naso. Ebbene eccolo lì, don Polonio col suo argano attaccato in faccia, discutere con l'altro vecchiarazza, quel Melo Memmi coltissimo, studioso, sapiente, che intra a quell'occasione pareva aver perso completamente la ragione. Continuava a eseguire ampi scuotimenti

della testa, alternando nella stessa direzione ma in senso opposto l'indice della mano destra, a dire che non era assolutamente d'accordo con quello che don Polonio stava dicendo. E don Polonio, rivolto al vecchiarazza sollevava e abbassava le braccia, mantenendo i palmi rivolti verso l'alto, intra a un gesto che poteva essere d'esultanza o di sollevamento d'un peso. S'era fatto paonazzo, roso di livore, nervoso camminava avanti e indietro per la stanza. Pareva, anzi, scivolare lungo il pavimento poiché i movimenti delle gambe e dei piedi erano nascosti da una lunga tunica nera inamidata che scendeva, rigida come una campana, fino al tallone. Don Polonio s'avvicinò alla finestra e l'aprì di scatto, continuando a parlare col vecchiarazza. Masello venne investito dai rumori e dalle voci che s'alternavano intra alla casa.

«Ci va, ci va, lo vedi che ci va!»

Melo Memmi, s'avvicinò anche lui alla finestra.

«T'ho detto che non è cosa.»

Richiuse la finestra. Masello li vide discutere ancora. Don Polonio riaprì la finestra.

«È larga abbastanza ho detto!»

«Come un ladro!» disse Melo Memmi.

Il vecchiarazza richiuse la finestra, don Polonio nuovamente l'aprì. Stavolta si voltò all'esterno e incontrò la faccia di Masello.

«Masello! Solo lei ci mancava intra a questa disgrazia. Ogni volta che c'è lei in giro ci sono guai. Se ne vada.»

Don Polonio richiuse la finestra intra a un tremolio di vetri e d'infissi. Si allontanò col vecchiarazza intra a un punto che non si riusciva a vedere. Che stava succedendo lì dentro? Masello si mosse verso l'ingresso. Torno torno alla porta erano appennulati drappi viola che cadevano ai lati. La porta era piccola e stretta. Persino lui, che non era una grand'altezza, dovette chinare il capo e, tirando in dentro la pancia, torcere leggermente il tronco per entrare. Si ritrovò intra a un corridoio stretto e buio. Dalla stanza in fondo s'arrivavano voci e discussioni ch'erano la continuazione sonora dei movimenti che aveva visto in precedenza dalla finestra, e che gli restituirono un'impressione più precisa di quanto stava succedendo. Qualcuno lo strattonò alle

spalle. Masello sobbalzò.

«Non gridi, sono io.»

«Mi fa venire un infarto. Che ci fa qui?»

«Sul trattore m'ero stufato.»

«Non ha pensato che potrebbero rubarglielo?»

«Attaccato a un carro da morto? Aveva ragione lei: non lo ruberanno. Ha capito cosa sta succedendo?»

«Pare che non riescano a fare passare la bara dalla porta.»

«E perché non la girano di lato?»

«Perché c'è il morto dentro. Lo vede quello? È Fedo Sanapo, vecchiarazza pure lui. Non vuole che il suo amico si rivolti intra alla tomba prima ancora d'essere sepolto. Il funzionario dell'Agenzia Funebre Belmondo ha allora proposto di riaprire la bara, portarla fuori vuota e risistemare il morto direttamente per strada.»

«E il prete che dice?»

«Che questo è fuori discussione, dice che è uno scavazzamento della dignità. Per lui si potrebbe farla passare per la finestra.»

«Come i ladri!»

«Ecco appunto.»

«E allora che si fa?»

«Per quanto mi riguarda non farò niente. Entrerò, farò un saluto alla buon'anima di Luigi Za e uscirò con discrezione. Lei faccia come crede.»

Masello entrò intra alla stanza. La stanza era rischiarata a giorno dall'ampia vetrata che s'apriva su un giardino interno. Sulle pareti erano appese foto marinaresche, foto di pescatori impegnati intra alla cucitura delle reti, foto di facce sdentate e fumatori di pipa, foto di navi e di barche e di pesci appesi all'amo, foto di mari. Masello s'avvicinò alla bara. Era ricavata d'un unico tronco d'ulivo svuotato nel di dentro, tutto vortici e smagliature e nodi che percorrevano e occupavano tutto il legno. L'accarizzò, chiuse gli occhi quasi a mandarci una preghiera, s'abbracciò il senso di vuoto, terribile e inutile, che l'aveva pigliato intra a quella giornata. Restò così per qualche secondo.

«Scusi?»

«Ancora lei. Che vuole?»
«C'ho avuto un'idea.»
«Che idea?»
«Per portare fuori la bara, c'ho avuto un'idea.»
«Sentiamo.»
«Si potrebbe salire sopra alla terrazza con la bara e passare da una terrazza all'altra fin quando non troveremo un portone abbastanza grande per tornare sulla strada.»
«Ah! Camminare con la bara sui tetti! Ah! Mai sentita un'idea più insensata.»
Intra alla stanza si creò una cappa muta di silenzio, una condensazione di sguardi tutti rivolti a lui e Nené, come d'accusa. Successe però che da una zona d'ombra della stanza, un angoletto al buio cui Masello non aveva fatto caso, intervenne una vociuzza femminina, minerale, petra e piuma per dirla, una vociuzza ch'era un tintinnio intra a un campanaccio da vacche.
«Ha ragione! Perché non ci ho pensato prima? Da bambina venivo spesso a dormire qui a casa del nonno e qualche volta scappavo terrazza terrazza. I muretti non sono alti. Si può provare. Si può provare.»
Tutti si voltarono da quella parte. Da quell'angolo, come fatata, s'uscì, intra un tripudio di luminosità e di grazia femminina, la Mariabbondanza. Era d'una grande bellezza addolorata, gli occhi da sperdersi intra, le grandi gote striate dal pianto, la fine peluria di mustacchio a contornare il labbro tornito, i capelli nerissimi che calavano torcigliati intra a due trecce, longhe fino alle grandi cosce. Masello s'arritrovò catapultato d'intra una felicità senza pari, passò, senza preavviso, dallo slapito galleggiare al gustoso e condito vivere, dall'acquetta di ristagno al frizz frizz champagnoso che gli sgorgò intra all'almo, s'ammescolò i pensieri, pigliando a caso dal vissuto, dal leggiuto, dal vistuto e dal sintuto, che manco lui c'accapì niente di quel che succedeva, conformando dal nulla, intra alla mente sua, un'unica poesiola d'ammori per ella, madonnuzza santa, la Mariabbondanza.
Mi che te vardo mo',
Mariabundansia,

d'intra alle nìure balote de l'oci,
m'avvurìa ora disperdìre
intra o 'nchiostro vostro
per scriverce parole di cori;
sdrajarme me vurrìa,
sopra i tò carnasse invitante,
strufignarce 'l naso
sott'e vrazze rifoltose
me vurrìa, signora mia,
disperdèrme sinza bussola
sopra 'i mammelli grandiosi
perdirme d'in tra li coscion
sinza fretta de ritrovar la via
abbrassare tutta quanta, te vorrìa
sprufundare, ecco
intra i to' paroli
e annegare anche
d'intra 'l profumo d'ogne abundansia.
Mi che te vardo mo',
Mariabundansia,
d'intra alle nìure balote de l'oci,
me pare levarse il sole
matinero
gigantarsi
illuminare a giorno
ogne tenebroso
sprofondo.
Mariabundansia
Oh Mariabundansia
mi belissima Mariabudansia.

Masello se ne rimase ammammalucchito intra a questi pensieri che quando si riebbe, con uno sbattimento di palpebre e scuotimento di core, venne pigliato dal dubbio d'averli solo pensati o d'averli invece profferiti in piazza a mo' di banditore. Con sollievo s'avvide che nes-

suno badava a lui, tutt'erano impegnati intra alla discussione su chi avesse dovuto portare la bara terrazza terrazza. Il funzionario dell'Onorata Agenzia Funebre Belmondo discuteva con Nené.

«Lei deve stare sopra al trattore! È per questo che la paghiamo.»

«Mi pagate solo la benzina agricola.»

«Sciocchezze! Guardi come ha ridotto il vestito.»

Il funzionario dell'Onorata Agenzia Funebre Belmondo gli sistemò la giacca alla bell'e meglio, gli tolse i pelucchi, gli abbottonò il collo della camicia, com'è d'uso alle mamme coi figlioli, o alle mogli coi mariti.

«Visto che ormai è qua, m'aiuti almeno a portare la bara.»

Pigliò Nené sottobraccio, costringendolo a mettersi sull'attenti, imitandolo lui stesso con la mano sopra al cuore e il mento alto e disse che, con orgoglio e senso del dovere, sarebbero stati lieti di portare la bara.

«Porterò anche io la bara», disse la Mariabbondanza, intra a una maniera così pacata e sicura, intra a quel corpo vichinghesco d'enorme massa e di grand'impatto, che nessuno ebbe il cuore o il coraggio d'opporvisi. La sballonzolante ondata di carne femminina, come un bufalo sfiatando e calpestando la sua via, passò zoccolante accanto a Masello, lasciando dietro di sé un profumo di fieno appena tagliato e di grano maturo. Masello, quasi sospinto naturalmente dai profumi e dai colori incantatori e da quella musichetta che aveva pigliato a passarsi mente mente, si fece avanti per essere il quarto. Ed ella, che fino ad allora non l'aveva neppure visto, voltandosi verso di lui, lo guardò intra a una maniera che a lui parve d'essere stato denudato, quasi ch'ella avesse di lui capito ogni cosa. La Mariabbondanza si mise al vertice basso a destra della bara. Sollevò le enormi mammelle, per aggiustare il reggipetto. Masello rintronato ed ebbro di tant'ardore per quella donna — come la carbonella teneva gli occhi, nerineri — si spostò titubante sul vertice di sinistra. S'asciugò le mani sudatizze sopra ai pantaloni, s'accarizzò il baffo. Dopo un cenno d'intesa, i quattro sollevarono la bara alla spalla e si mossero verso il giardino. Tutt'insieme s'apparivano a un enorme ragno dal corpo di legno e d'otto zampe e otto braccia e bocche quattro, che si muoveva impacciato e sornione,

passettini passettini. Don Polonio raccolse d'intra a un portaombrelli un lungo crocefisso di cartapesta e si mise subito dietro di loro. Melo Memmi e Fedo Sanapo uscirono intra alla straduzza per avvisare che il corteo si sarebbe fatto da quella parte, dal di dentro. Il giardino s'appariva, per forma e grandezza, al ponte d'una barca a vela, coi bordi curvati verso prua e la limonara a fungere d'albero maestro. I limoni sull'albero erano di buccia spessa, spesse pennellate di giallo tra i verdi e i rossi della terra e spandevano per quella parte il loro acre profumo d'agrumi. Masello pensò che la giornata fosse un incanto. I quattro con la bara salirono per una scala di pietra che arrivava fino al soffitto, tutta chiazzata di muschi anneriti e di ciuffetti d'erba. Nené rischiò di scivolare e, con lui, la bara e gli altri tre.

«Stia attento», disse il funzionario.

Arrivarono infine sopra alla terrazza. Avendo ciascuno la visuale d'un solo lato per via del legno che li separava, per avere uno sguardo d'insieme rotarono d'un giro completo con tutta la bara. Tutt'intorno erano balconi, pinnacoli, case, torracci, casupole adibite a depositi per attrezzi, serbatoi d'acqua a forma di dirigibile, frontoni di chiesette sparse, sparuti palazzi di quattro piani, tutt'una nuova topografia di pietra e mattoni. Sulla destra la terrazza confinava con una terrazza di circa un metro e mezzo più alta, la quale confinava con una terrazza a sua volta più alta, e tutte così affiancate s'apparivano a gradini d'una scala che saliva dolcemente seguendo l'andamento del terreno, che a vederne la fine, da dov'erano, non si poteva.

«Per di là», disse la Mariabbondanza.

I quattro si diressero intra a quella direzione, verso il muricciolo di confine. Don Polonio, dietro di loro, principiò a litaniare, a voce alta, l'intercessione d'ogni santo, cui seguì una risposta confusa e disordinata d'un manipolo d'altre voci, via via più numerose e concordi. Masello sentì un affannoso scalpiccio avvicinarsi rapidamente, qualcuno che aveva preso la rincorsa, e poi vide comparire il cagnetto di Nené, abbaiargli acuto e sbavante, saltellargli davanti come una pallina di gomma e addentargli la tela dei pantaloni.

«René», disse Nené, «bravo cagnetto, sei riuscito a trovarmi. Visto

signorina che cane intelligente?»

«Invece di fare conversazione, potrebbe riprenderselo?»

Nené fece una serie di fischi di toni ed altezze diverse: pareva ci stesse comunicando col cane. Il cane lasciò i pantaloni, abbaiò, e tornò indietro, verso il giardino del vecchiarazza.

«Gli ho detto di aspettarmi sul trattore», disse Nené.

Raggiunta la seconda terrazza, Nené e il funzionario vi poggiarono la bara, mentre i due dietro continuavano a sostenerla. Il funzionario dell'Onorata Agenzia Funebre Belmondo saltò sopra al muricciolo.

«Forza aiutatemi: saliamo la bara», disse.

«E saliamo la bara», disse Nené.

La bara venne adagiata per di là, dall'altro lato.

«Mi aiuti», disse la Mariabbondanza.

Masello se la guardò come a un'epifania, come a un grand'avvenimento senza fine. Dopo un iniziale smarrimento, s'improvvisò intra a un inchino maldestro, a lei s'inginocchiò come a chiederle la mano, offrendole la gamba come appoggio. La Mariabbondanza si tolse le scarpe e le poggiò con cura sopra al muretto. Poi s'allisciò la gonna — gonna lunga fino al polpaccio, d'un verde scuro, come certe volte il mare, la sera — poggiò il di lei piede sopra al di lui ginocchio. Masello si rimirò quel piede ch'era uno zatterone d'antan, un bronzo di scultura, seguitò una vena varicosa che spariva sotto alla tela della gonna, s'affascinò alla carnazza di polpaccio, rotoli rotoli di grande, vitale, umano candore a portata di mano. La Mariabbondanza riuscì a issarsi, rimanendo per un pericoloso istante in equilibrio sopra al di lui ginocchio. Crepitò la rotula sotto all'enorme massa femminina, i tendini cigolarono, le cartilagini schizzarono via d'intra allo sfrigolizzo delle ossa: un secondo in più intra a quella posizione e, a Masello, avrebbero dovuto amputargli la gamba. Gli venne in mente la storiella di quel tale che vendeva al mercato, con cieca fiducia, un calzino spaiato, viola. Ecco: Masello per un istante immaginò come quel calzino potesse tornargli utile. Poi però la Mariabbondanza, d'intra a un'agilità che non si poteva dire, si sedette sopra al muretto e ruotando rapidamente il bacino si ritrovò dall'altro lato. Masello d'intra a quel movi-

mento v'intravide ancora un po' di carne, un poco in più, fin sopra al ginocchio. Si rimise in piedi. Dal giardino del vecchiarazza salivano i suonatori della banda con i loro strumenti, seguiti da altre genti che s'univano al corteo. Masello scavalcò il muretto e si ritrovò sull'altra terrazza: a giudicare dalla pianta della casa, questa casa era più grande della prima, con quattro stanze e un lungo corridoio. Da una parte all'altra della terrazza, intra un groviglio di cavi, sventolavano panni, abbondantemente neri, stesi ad asciugare. Il funzionario dell'Onorata Agenzia Funebre Belmondo e Nené gli andarono incontro.

«Di qua non si esce», disse Nené.

«Manca la scala», disse il funzionario.

«Com'è possibile? Come lo appendono il bucato?» disse Masello.

«La scala è a pioli», disse Nené.

«Abbiamo parlato con la signora che vive di sotto. Ogni mattina sale in terrazza, butta il cestello al marito, il quale lo riempie con i panni puliti. La moglie tira su il cestello e appende i panni. La sera è il marito a raccogliere il bucato e a passarlo alla moglie.»

«E allora non si scende», disse Masello.

«Proviamo più avanti», disse la Mariabbondanza.

«Andiamo», disse il funzionario.

Ripresero la bara sulle spalle. Masello si ritrovò alla testa assieme a Nené.

«L'avevo detto io che non mi piacevano i funerali.»

«Neppure a me», disse Masello.

Dalla casa di Luigi Za, già i primi del corteo iniziarono a superare il muretto. Don Polonio usò il crocefisso come pertica e vi si poggiò per riuscire a salire. La selezione che s'avvenne nel corteo rifletteva l'età e le condizioni di salute di chi vi partecipava: s'arritrovarono tra i primi, per dirla, coloro che ai funerali generalmente stavano defilati per non troppo apparire e poter così sgattaiolare non appena ce ne fosse stata la possibilità. Intra a questa particolare occasione invece se ne stavano subito a ridosso del prete, senza via d'uscita, costretti a improvvisare l'addolorazione e la liturgia. I quattro si mossero verso l'altra terrazza. Dovettero far passare la bara sopra ai fili o sotto ai panni, sbroglian-

dola da mutandoni impigliati e reggipetti appesi. Stavolta fu Nené a salire per primo sopra al muretto che divideva la terrazza dalla terrazza successiva.

«Forza aiutatemi: saliamo la bara», disse.

«E saliamo la bara», disse Masello.

La Mariabbondanza aiutò il funzionario dell'Onorata Agenzia Funebre Belmondo a scavalcare. Poi sollevò la sua grande mole e si mise in piedi sopra al muretto, oscurando il sole.

«Vado a controllare se di qua si può passare», disse Nené scendendo nel giardinetto interno della casa.

Masello s'affacciò dall'altro lato. Lì, sulla strada, s'andava formando un secondo corteo, che seguitava il primo dal basso. Le préfiche si muovevano rapide in testa, tanti scarafaggi impauriti bordo bordo alle case. Appena videro Masello, ripigliarono il loro teatro, chianse-ro a pieni polmoni, con urletti ansimanti e flebili che arrivavano in alto, ovattati com'intra a una nevicata. Dietro di loro s'avanzavano i due vecchiarazza, sorretti da alcuni vecchi più giovani, tutt'instabili coi loro bastoni e le loro artrosi e i loro acciacchi. La strada s'animava anche di ragazzini che correvano davanti al corteo e s'imbucavano intra alle case successive ad avvisare i proprietari, della processione funeraria che s'avanzava sopra alle loro teste. Quelli, i proprietari, si sporgevano a guardare in alto e, di seguito, andavano a sincerarsi che dalla loro porta la bara ci passasse o che sul loro terrazzo non ci fossero, o non ci sarebbero stati, danni. Dalla prima terrazza, un suonatore, con l'aiuto del direttore della banda, riuscì a far passare la tuba dall'altro lato. La luce seguitava la forma dell'ottone, rimandando barbagli e scintillii torno torno alla grande bocca dello strumento. Il suonatore, ommo maturo, sudatizzo, paonazzo, provò a più riprese a scavalcare, e ogni volta pareva che s'apprestasse a suonare la nota più acuta che mai avesse suonato, gonfiava le guance e la pappagorgia come a una ranuncola, si sollevava per qualche istante, a forza di braccia, oltre il muretto, prima di ricadere bruscamente dallo stesso lato, sfiatando tutta l'aria intra a un dolorosissimo fischio. Dopo alcuni tentativi, il suonatore desistette. La Mariabbondanza parlottava col funzionario

dell'Onorata Agenzia Funebre Belmondo, il quale si lamentava per il caldo e per il cuore, che a continuare così gli sarebbe venuto un infarto. Nené risalì la scala a ritroso con le mani in alto a balbettare di, per cortesia, non sparare. Davanti a lui comparve un ommo che imbracciava un fucile da caccia.

«Chi siete?»

«Io sono il funzionario dell'Agenzia Funebre Belmondo, disse orgogliosamente il funzionario dell'Agenzia Funebre Belmondo.»

«Che volete?»

«Cerchiamo un passaggio per tornare in strada con il morto.»

«Chi avete ammazzato?»

Ora, tutta quella compresenza di avvenimenti — le spiegazioni che seguirono alla domande dell'ommo; don Polonio, con la veste incastrata a un'antenna della televisione, a fare da garante per quella compagnia della bara; il suonatore di tuba che comparve in strada e si mise a correre goffamente per intercettare la discesa di quella processione, prima di piegarsi con le mani sopra alle ginocchia a riprendere il fiato — tutto quello si affrescò intra alla capo di Masello intra a una gioiosa chiarezza, intra a una pienezza che si appalesò improvvisa, una bellezza, ecco: nient'altro che questo, una grande bellezza, quando, decisisi infine di continuare oltre, ripresa la bara in spalla, i quattro, lui e la Mariabbondanza davanti, e dietro la bara tutt'una processione d'ommini e donne costrette ad avanzare sotto la minaccia d'un fucile, attraversato un ponticello sospeso tra casa e casa sopra a una strada del paese, giunsero sopra a una nuova terrazza e rimasero ammutiti per il grande spettacolo che ivi si parò dinanzi: il mare con la sua isola, l'Isola di Pazze che nessuno si ricordava che nome era e perché e percome, la memoria d'un luogo e d'un tempo intra a una totalità che li accomunava, lui e lei, mare e isola, Masello e Mariabbondanza e il tempo a raggrumarsi intra a tanti fochi, precisi, discreti, brillantinati come stille intra alla notte.

«Si vede la mia barcuzza», disse la donna.

«La Mariabbondanza», disse Masello.

Intuì lo stupore di lei per via d'un scostamento della bara, un ten-

tativo di voltarsi verso di lui che gli arrivò impercettibile, e intra a quel movimento ch'era un leggerissimo buffo, un sussurro, si fecero tutto un discorso primigenio che sapeva di cose semplici, sapeva di albicocche, di pommidori scattarisciati e di fichi fessi essiccati al sole di Puglia, un discorso che sapeva di cirase e d'olive colte dirette all'albero, e sapeva di terra e d'acqua marina e d'ammori venturi, sapeva di angurie rosse com'al desiderio e di speranze e di vento. Il funzionario dell'Onorata Agenzia Funebre Belmondo disse che sopra alla terrazza affianco ci stava un cavallo, ma lo disse intra a un riso soffocato quasi fosse una barzelletta o non ci credesse neppure lui a quel che vedeva. La Mariabbondanza, sullo stesso lato della bara, corresse: non si trattava di cavallo, ma di ciuccio, ciuccio di fatica per dirla, asini dalla pelle tirata a tamburo, smagriti e ischeletriti eppure capaci di trasportare grand'otri e sacchi di sementi. Ruotando d'un quarto di giro una prima volta e di un altro quarto subito dopo, anche Masello e Nené poterono confermare che, sopra a quella terrazza, un asino, o ciuccio, mangiava tranquillamente il suo fieno. Tutti convennero che per essere arrivato lì sopra un asino, doveva esserci da qualche parte un passaggio, una via abbastanza larga e confortevole per permettere loro di scendere in strada. La terrazza affianco si trovava più in basso, con un salto di poco più di un metro. I primi due a scendere furono Masello e il funzionario.

«Forza aiutatemi: scendiamo la bara», disse Masello.

«E scendiamo la bara», disse il funzionario.

Nené se ne rimase seduto sopra il muretto, ché diceva d'essere stanco, bastò una smanacciata della Mariabbondanza sopra alla schiena, intra un rintrono di membra da temere il peggio, per farlo saltare senza sforzo. L'asino ragliò, mostrando i denti, quasi a riderci per quella scena. Anche la Mariabbondanza rise e più non si capiva se fosse riso o raglio e chi avesse riso o ragliato. Saltò giù, atterrando sopra a una collinetta di tufo, sollevando un grande polverone che la nascose alla vista degli altri. Ne emerse tutta imbiancata, infarinata, lorda sulla faccia, sulle braccia, sulle gambe, sui capelli, ridendo e sforzandosi a trattenersi. Masello le si avvicinò, le passò una mano sopra al volto, sopra

agli occhi. Nené provò a spolverarla sul davanti e sopra al glorioso didietro, prima che quella lo scacciasse con un calcio di mulo. In alto, il corteo superò il ponticello e si fermò, intra a un quieto rumoreggiare, a guardarsi il mare. La terrazza s'appariva, più che a una terrazza, a un terrazzamento, un pianoro in pietra, cui era possibile giungere attraverso una salita in terra battuta direttamente dal cortile d'una piccola masseria. Per di là, con la bara in spalla, scesero i quattro senz'altri intoppi se non un piccolo infortunio che avvenne a Nené quando, bloccando l'avanzata, disse:

«Aspettate! C'ho calpestato una merda.»

Un gallo, con rapidissimo battito d'ali, saltò sopra alla bara, restandosene impettito come a un pascià. Dall'alto scendeva la processione, don Polonio in testa e dietro di lui il corteo principale, un flusso di genti che pareva una cascata e s'univa, una volta caduto nel cortile della masseria, col flusso del secondo corteo, corvecchie e musicanti e vecchiarelli e giovani, intra a uno scroscio rumoroso, intra un ribollire di genti carico di vitalità, di festa — alcuni ommini, intuendo la fatica dei quattro, a essi si sostituirono, si presero la bara a spalla e la sollevarono a braccia tese a mo' di trofeo. Nené e il funzionario dell'Onorata Agenzia Funebre Belmondo s'allontanarono a recuperare il carro funerario e il trattore. Un'alitata di vento scompigliò capelli e veli intra a un vorticare di sottanoni e banderuole e polvere e fogliame. Alcuni vecchi, tra cui i due vecchiarazza Fedo Sanapo e Melo Memmi, s'assittarono alle seggitelle e si guardavano quella gioconda allegrezza che s'era creata. Dicevano che a Luigi Za sarebbe piaciuta. Alcuni di loro offrirono il posto a Masello e alla Mariabbondanza, perché si riposassero da quella fatica. Nené e il funzionario rientrarono correndo d'intra al cortile.

«S'hanno fregati il trattore», disse Nené.

«E pure il carro, disse il funzionario.»

«René!» disse Nené ricordandosi del suo cagnetto.

Intra al parapiglia che s'andò a creare, qualcuno s'affacciò a dire d'aver visto un trattore percorrere il lungomare del paese, proprio in faccia all'Isola di Pazze. Sentendo quel nome, Masello si disse: ahiahiahiahiahi.

I due vecchiarazza, per un riflesso pavloviano, un istinto al racconto, si misero seduti comodi spostando d'un niente le loro seggiolette. Ritrovandosi intra a quella posizione però, si guardarono spaesati, c'ebbero un tentennamento, quasi avessero realizzato solo allora, d'essere rimasti in due. Se ne rimasero ammutoliti, a cercarci qualche parola tra tutte quelle che avevano detto per tutta una vita. Non uscì nulla. Masello s'avvicino, prese la seggioletta e si sedette di fronte agli altri due. Melo Memmi sorrise e, incoraggiato intra a quella maniera, si mise in pizzo alla sedia, quasi toccasse a lui, per primo di parlare. Masello sollevò una mano.

«Sono costretto a interrompervi. Ho da raccontarvi una storia che voi non conoscete e che certamente v'interesserà. Si tratta d'una storia che s'avvenne intra a queste terre prim'ancora che voi nasceste, prima ancora dei romani e dei greci e dei messapi e degli egizi, prima d'ogni civiltà, d'una storia di migliaia d'anni fa, quand'ancora si cercava la prima parola per dare un nome e un senso, d'una storia di primissima mano e ben documentata: la storia certissima e vera sull'origine di quel nome, d'Isola di Pazze che fino a mo' nessuno sapeva che nome era e da dove veniva e perché e percome.»

Nota al testo

La citazione a pag -104 è tratta da *Il breviario di Papa Galeazzo*, Congedo Editore, Lecce 1973

I versi di Vittorio Bodini a pag. -104 sono tratti da Vittorio Bodini – *Tutte le poesie*, Besa Editrice, 2015

Avvertenza

Ogni riferimento a persone esistenti o fatti realmente accaduti è puramente casuale. L'Isola di Pazze esiste dal vero, si trova a Torre S. Giovanni, frazione di Ugento (LE). La topografia, gli eventi storici, i riferimenti culturali e di cronaca presenti nel testo non hanno alcun intento documentaristico e sono utilizzati e modificati in piena libertà, nell'ottica della sola coerenza drammaturgica.

Ringraziamenti

Ringrazio Camillo Fornasieri per la vicinanza e per il suo supporto in qualità di presidente del Centro Culturale di Milano (cMc).

Ringrazio Luca Doninelli per avermi salvato, una volta (ma non lo sa). Poi, per un sacco di altre cose: lui le sa e le so io.

Ringrazio Stefania Celesia e i Lettori del Premio Calvino per aver creduto nel mio libro e ringrazio quel gentiluomo di Mario Marchetti, Presidente del Premio, per essere sempre stato presente negli ultimi due anni.

Ringrazio Davide Orecchio per avermi ospitato su Nazione Indiana. È stato prezioso.

Ringrazio Autori Riuniti (Andrea Roccioletti, Vito Ferro e Alessio Cuffaro) per aver avuto il coraggio e la lungimiranza di pubblicare questo libro.

Grazie a Carlo F. De Filippis per aver condiviso una passione anche quando la meta sembrava irraggiungibile. Ce l'hai fatta, mannaggia a te.

La mia famiglia ringrazio, Ilaria, Alessia e Fulvio e i miei genitori, Franco e Cesira: sarebbe bello stare più vicini.

E poi Dada e Fosco, cui è dedicato questo libro: a loro, con tutto il mio amore.

Autori Riuniti
IL MANIFESTO

Uno

Una casa per gli autori, una casa degli autori

I nostri libri verranno selezionati e tradotti, editati e corretti, impaginati e promossi esclusivamente da autori.

Due

Pubblicare è come fare l'amore: è commovente solo se è gratis.

Gli autori non dovranno mai pagare per essere pubblicati dalle edizioni Autori Riuniti.

Tre

Un libro che piace a tutti è solo ovvietà in formato tascabile

Ogni libro, anche qualora fosse di un autore già membro della Autori Riuniti, sarà sottoposto al vaglio insindacabile del comitato di lettura. Il comitato deciderà a maggioranza e non sarà necessaria l'unanimità. Crediamo infatti che la ricerca di un parere uniforme nei comitati editoriali sia causa di un progressivo appiattimento delle proposte sul minimo comun denominatore. Non esistono membri permanenti del comitato di lettura. A turno ne faranno parte gli autori della casa editrice. Nessun autore potrà mai far parte del comitato di lettura incaricato di valutare il proprio manoscritto.

Quattro

Siamo una coppia aperta

Gli autori non saranno costretti a sottoscrivere contratti pluriennali di esclusiva con la Autori Riuniti.

Cinque

Si vive per scrivere, certo, ma nessuno vieta che si possa anche scrivere per vivere.

Agli autori verranno corrisposti diritti d'autore più alti della media del mercato:

- Libro cartaceo: 12% sul prezzo di copertina
- Libro cartaceo venduto direttamente dalla casa editrice: 24% sul prezzo di copertina
- Ebook: 24% sul prezzo di copertina
- Ebook venduto direttamente dalla casa editrice: 30% sul prezzo di copertina

Sei

Questa è casa tua

Un autore che aderisce al collettivo Autori Riuniti diventa parte integrante del progetto. Potrà partecipare, in base alle proprie doti o alla propria professione, alla nascita dei libri degli altri autori, così come gli altri autori hanno fatto per la nascita del suo. Quindi partecipando a un comitato di lettura se ha la vena dello scopritore di talenti, oppure correggendo delle bozze se è un nemico giurato dei refusi, presentando i libri di altri autori nella propria città se è affetto da un elevato grado di estroversione ecc.

Sette

Tutto il resto è noia

Cerchiamo opere di qualunque genere letterario in cui siano presenti questi tre elementi: la storia, l'affabulazione, lo stile. Sarà una lunga ricerca.

Otto

C'è una vita da vivere.

La Autori Riuniti non sprecherà mai le energie mentali dei propri autori per definire norme tipografiche di collana, l'eventuale uso delle "d" eufoniche, delle virgolette alte o delle virgolette "a sergen-

te". Lasciamo volentieri che tali questioni rimangano parte saliente dell'ortodossia dei cosiddetti "professionisti dell'editoria". Gli autori non saranno soggetti a una normativa uniforme di collana, ma potranno decidere le proprie norme e comunicarle all'autore incaricato di correggere le bozze.
Perché da noi comanda l'autore.

Nove

Tocca anche al lettore

Noi faremo sempre il possibile per emozionare il lettore, per fagli spendere il meno possibile, svegliarlo dal torpore, scandalizzarlo laddove sia ingenuo e ammorbidirlo laddove si sia inaridito. In cambio chiediamo al lettore di parlare (bene o male) dei nostri libri e dei nostri autori con intensità e passione. In fondo vogliamo solo che un libro non si riduca a semplice merce.

Dieci

Non abbiamo idea di come andrà finire

Partiamo da una casa editrice, lo facciamo con l'intento di sperimentare, ri-elaborare, contaminare, ibridare. Alcuni esperimenti andranno a buon fine, altri si riveleranno utilissimi buchi nell'acqua. Probabilmente invaderemo ambiti non canonici, utilizzeremo media non per forza cartacei, saremo un agente culturale a tutto tondo. Comunque vada non vi avremo annoiato.

La pagina in più

"Ecco il momento in cui si deve introdurre nella storia del Sacro Monte, la figura di Gaudenzio, che nel frattempo era diventato un maestro; e non per rivendicargli soltanto, vicino alle parti in pittura, le parti in scultura, ma l'intera ideazione dell'opera, il suo senso, il suo significato, il suo disegno pratico e concreto; e cioè la creazione di un teatro in figura, lo svolgimento di un'azione drammatica che vive dello scambio continuo tra il suo moto dinamico interno (pittura-scultura) e la sua esterna possibilità di far avvenire sempre, proprio perché stabili e fermi, i singoli atti di cui si compone. [...]

Non è certo far romanzo e, se pur è romanzo, ha qualche probabilità di costruire lo svolgimento della vita d'un artista che, nelle sue opere, ha dimostrato sempre d'esser uomo radicato nelle verità della tradizione della sua terra, immaginar Gaudenzio, giusto negli anni in cui l'avevamo lasciato, e cioè allo scoccare del secolo, ma anche meglio tra il sette e l'otto, fatto più ricco di cultura e di interessi, di come fin lì l'avevamo conosciuto, girar per il borgo; forse verso sera, deposti gli attrezzi nella cappella, anno 1507, scendere poco prima del crepuscolo, lungo il Sesia, quando le ombre cadono giù dalle cime dei monti sul fiume e sulla piana, e guardare il super parietem e immaginarsi, immaginare; sentirsi crescere in cuore l'idea di un teatro là dove, fin lì, non erano che cappellette, e proprio con la forza che glielo chiedeva il suo popolo; mentre qua e là, nei boschi del *super parietem*, si accendevano le lanterne, e le donne, tenendosi stretti i figli, attraversavano per l'ultima volta, in quel giorno, le strade, già vinte dalla paura degli spiriti che la notte, di lì a poco, avrebbe cacciato dai monti per tutte le vie *burgi Varalli*; lui, il calmo, dolce, concreto Gaudenzio, avvertire senza nessuna vanagloria, d'esser al punto in cui tutta una tradizione antica e non mai espressa appieno si forma vivente, immagine matura, e per l'appunto teatro in plastica e colori, sì che nella vicenda d'una vita s'esprima, come in uno spettacolo, la tenerezza d'ogni nascita e il dolore d'ogni morte".

da Il Gran Teatro Montano – Saggi su Gaudenzio Ferrari - Giovanni Testori (Edizioni Medusa, 2010)

Finito di stampare nel settembre 2016
presso A4 SERVIZI GRAFICI
per conto delle edizioni Autori Riuniti